ぶらり平蔵
決定版⑳女衒狩り

吉岡道夫

コスミック・時代文庫

本書は二〇一六年六月に刊行された「ぶらり平蔵　女衒狩り」を改訂した「決定版」です。

目次

#「ぶらり平蔵」主な登場人物

神谷平蔵《かみやへいぞう》 旗本千八百石、神谷家の次男。医者にして鐘捲流《かねまきりゅう》の剣客。妻の篠《しの》を亡くし、浅草東本願寺裏の一軒家に開いた診療所にひとり暮らし。

由紀《ゆき》 田原町で「おかめ湯」を営む女将《おかみ》。平蔵の身のまわりの世話を焼く。

太一《たいち》 柳橋の夜鷹《よたか》の息子。凶刃に斃《たお》れた母に代わり、由紀が育てている。

矢部伝八郎《やべでんぱちろう》 平蔵の剣友。武家の寡婦《かふ》・育代《いくよ》と所帯を持ち小網町道場に暮らす。

井手甚内《いでじんない》 無外流《むがいりゅう》の遣《つか》い手。平蔵らが小網町に開いた剣術道場の道場主。

佐治一竿斎《さじいっかんさい》 平蔵の剣の師。妻のお福《ふく》とともに目黒の碑文谷《ひもんや》に隠宅を構える。

斧田晋吾《おのだしんご》 北町奉行所定町廻り同心。スッポンの異名を持つ探索の腕利き。

おもん 公儀隠密の黒鍬者《くろくわもの》。料理屋「真砂《まさご》」の女中頭《がしら》など、様々な顔をもつ。

小笹《こざさ》 おもんに仕える若き女忍。

味村武兵衛《あじむらぶへえ》　公儀徒目付《かち》。平蔵の兄・神谷忠利《ただとし》の部下。心形刀流《しんぎようとうりゆう》の遣い手。
宮内庄兵衛《みやうちしようべえ》　黒鍬組二の組を束ねる頭領。なにかと平蔵たちを気遣う世話焼き。
漣権兵衛《さざなみごんべえ》　京大坂を荒らしまわり、女を拐《かど》かす盗賊一味の頭。
音吉《おときち》　漣一味の小頭。権兵衛の片腕。
お栄《えい》　深川の料理屋［牡丹亭《ぼたんてい》］の女将。権兵衛の情婦。
辰五郎《たつごろう》　上方・堺《さかい》を根城にする女衒《ぜげん》の元締め。
弥兵衛《やへえ》　浅草花川戸町の両替商［湊屋《みなとや》］の主人。
おみさ　下総国栢田村《かやだむら》の百姓の娘。江戸に出て［湊屋］に奉公。
幸太郎《こうたろう》　［湊屋］の若旦那。おみさに目をつけ、金でものにする。
千代《ちよ》　［湊屋］の一人娘。弥兵衛に溺愛される箱入り。
小柳進三郎《こやなぎしんざぶろう》　浅草東仲町の居酒屋［しんざ］の店主。豆腐田楽が名物。

第一章　おみさの受難

一

おみさは中川《なかがわ》の東側にひろがる下総国《しもうさのくに》のさらに東の端、海に面した栢田村《かやだむら》に生まれた。

下総国は房総《ぼうそう》半島の根っこに位置し、幕府の直轄地や旗本領が入り組んだ土地である。

東には空の果てまで海がひろがり、海岸には漁村が軒を連ねていて、はるか遠く北には雪をかぶった峰が見えることもある。

西のほうは百姓地になっているが、村の真ん中には小高い山もあり、山裾《やますそ》の軽樋川《かるといがわ》には鮠《はや》や鯉《こい》、鯰《なまず》もいる。

春になると山裾をながれる清流に鮎《あゆ》も遡上《そじょう》してくる。

子供たちは春になるのを待ちかねて、魚釣りをしたり川に飛びこんで泳いだりして一日中遊んでいた。

栢田村には江戸に向かう街道もあり、商人の往来も絶え間がなかった。

この栢田村には武家屋敷の庭に移植するための松や杉、モッコクなどの常緑樹を苗《なえ》から育てている植木屋や、石屋が多く住んでいる。

それを買いつける江戸の庭師や商人もしばしばやってきた。

おみさは生まれたときは目ばかりおおきくて、猿のように赤い顔をしていたらしい。

母親は乳の出が悪かったため、おみさは日がな一日中、ぎゃあ、ぎゃあと泣き、両親ともに寝不足になったという。

――おまえさん。この子、いっそのこと、川に流しちまおうか……。

おみさが生まれて間もなく、父親に、そうもらしたと聞いて、おみさは母に食ってかかったことがある。

しかし、赤子の間引きは、村ではさほどにめずらしいことでもなかった。

夜中に襁褓《おしめ》に包んだままの赤子を藁舟《わらぶね》に入れて、夫婦で南無阿弥陀仏《なむあみだぶつ》を唱えながら川に流してしまう。

だれかが途中で拾ってくれればよし、また、海に流されれば、そのままの身で成仏《じょうぶつ》できると考えられていたのである。

おみさの母親は乳も充分出なかったし、一家の食い扶持《ぶち》も少ないから、すくすく育つとも思えなかった。

おみさの家だけではなく、ほかにこれという楽しみもない村では、食うことと男と女の睦《むつ》み合いが唯一の関心事だった。

だれそれとだれそれが、畑の畝《うね》のあいだで抱き合っていたなどと、陰で噂《うわさ》しあっては暇をつぶしていた。

村では、五つ六つの子供は男も女もすっぽんぽんになって、いっしょに川で水遊びをしたり、取っ組み合いの喧嘩《けんか》もした。

おみさは女の子にしては気が強く、男の子と喧嘩するときはおちんちんを蹴飛ばすことにしていた。

男の弱いところはおちんちんだと仲間から聞いていたからだ。

それでいて、おみさはおちんちんと、おまんこの違いもわからず、仲間で見せ合いっこをしたこともある。

物心がつくと、おちんちんをおまんこのなかにいれればいい気持ちになると聞いて、たがいに、くっつけあいっこをしたり、さわりっこをしたこともあった。

しかし、男も女もたがいに股ぐらに毛がぽよよと生えてくるころになると、いっしょに川遊びをするのが恥ずかしくなってくる。

ともあれ、そのころから、おみさも男の子と川遊びをしたり、取っ組み合いの喧嘩もすることはなくなった。

おみさも十四、五になると乳房がふくらんできて、月のものを見るようになった。

栢田村は黒潮が海岸を洗う暖かい土地柄のうえ、幕府の直轄地ということもあって年貢《ねんぐ》も厳しくないせいか、村人たちの気性も明るく、万事に開放的だった。

村では、盆踊りの夜などは林のなかや川の土手に生い茂る草むらのなかで、抱き合っている男と女の姿がいたるところで見られた。

女は裾をたくしあげ、白い太腿をおおきくひろげて男の腰に巻きつけている。

――なして、あんげなこと、したがるんじゃろう……。

女友達に聞くと、笑われた。

――きまってるべ。あれすっと、おなごも気持ちいいんだってよ。

――そうよ。あんた、まだ、してもらったことないの。バカだねぇ。

――あんたのおとうとおっかあも、せっせとえっさえっさしてるにきまってるべ。

そう聞いてから、しばらくは父や母の顔を見るのがいやになった。

貧乏人の子沢山というわけでもないだろうが、家計が苦しい夫婦のあいだほど、赤子を孕《はら》みやすいというのも事実だった。

とりわけ、おみさの母のおさくは多産の質で、父の源吉《げんきち》も日頃は母との営みに精をだしたらしく、おみさの上には四人もの兄がいた。

源吉は腕のいい植木屋だったが、長男は源吉とおりあいが悪く、納屋の二階に引き籠もっていて、滅多に口もきかないし、次兄は六つのときに川で溺死《できし》、三男は養子にだしてしまい、おみさのすぐ上の兄は山で茸《きのこ》取りをしていて猪《いのしし》に撥《は》ねられて死んでしまった。

かねてから女の子が欲しいともらしていた父の源吉は、おみさを猫可愛がりした。

そんな源吉だったが、得意先の若い女中と浮気して、いい仲になったらしく、ある日、家を捨てて村を飛び出してしまった。

まだ、おみさが十五のときだった。

母のおさくは三十二の大年増《おおどしま》ながら、ふっくらした丸顔の愛嬌《あいきょう》のある顔立ちだったが、どうやら男運の悪い女だったらしい。

しばらくして、おさくが再婚した与作《よさく》は百姓で、四十を超えた中年男だった。与作は将棋《しょうぎ》の駒《こま》のような角顔で、真っ黒に日焼けした恐ろしく毛深い男だった。

与作は庄屋の田畑の小作人をしていたが、村でも評判の腎助《じんすけ》だった。

腎助とは精が人並みはずれて強く、女好きの助平《すけべえ》のことで、腎張《じんば》り男ともいう。村の寡婦《やもめ》のほとんどは、一度か二度は与作に抱かれたことがあるらしい。

源吉がいなくなると、与作は毎夜のように家にやってきては、おみさの寝ているそばで母のおさくを抱いた。

「おみさ、よく見ておきな。おまえも、もうちっとおおきくなったら、こうやって男とおまんこするんだぞ……」

与作は母のおさくの股ぐらに擂《す》り粉木《こぎ》のような一物《いちもつ》をねじこみながら、腰をしゃくりたててからかった。

そのかたわらで、おさくも獣のような声をあげて腰をしゃくりあげている。

おさくは手首も足首も黒く日焼けしているにもかかわらず、乳房と尻だけは別物のように真っ白だった。

おおきな乳房が与作の胸の下でひしゃげてつぶれそうになっている。

おさくは太腿をたかだかとあげて、与作にしがみつきながら、今にも死にそうな声で、いいよう、あんた……ああいい、そこ、そこそこだっぺと腰を懸命につきあげる。

そばで寝ているおみさは夜着をかぶり、耳をふさぎ、ひしと目をつむっていた。

さらに、ことが終わって、おさくが鼾《いびき》をかいて熟睡しはじめたとき、与作が隣の寝床で寝ているおみさの寝間着の裾から手をさしいれて、股間を探りにきたこともある。

おみさが目ざめ、悲鳴をあげて布団から這いだすと、寝ていたおさくが気づいて、与作と大喧嘩になったこともある。

おみさはそういうとき、与作の足にしがみついたり、嚙みついたりして母の味方をしてやった。

納屋の二階で寝ている兄は止めにくるわけでもなく、知らぬ顔の半兵衛《はんべえ》をきめこんでいるし、村の者もだれひとりとして、与作を非難する者はなかった。

二

おみさは盆踊りの夜、幼馴染《おさななじ》みの清吉《せいきち》に誘われ、軽樋川の土手で抱きしめられた。

気が遠くなるほど口を吸われ、乳房をなぶられているうち、清吉の手がおずおずと浴衣《ゆかた》の裾を割って侵入し、太腿を愛撫しつつ、腰巻をまくりはじめた。

――あ……。

思わず息をつめたが、なぜか、あまり嫌《いや》な気はしなかった。

おみさは清吉の女房になるものと、だれもが思っていたし、母も清吉ならいい婿《むこ》になるだろうと認めてくれていたからでもある。

男と女が抱きあって、どんなことをするのかは、母と義父の営みを目《ま》のあたりにしていたおみさはよく知っていた。

だが、幼馴染みの女友達に春画という男と女の睦み合いを描いた枕絵の版画を見せられて、おみさはおどろいた。

枕絵に描かれた男の一物はぶったまげるほど太くて、おまけに節くれだっている。

「いやだ、もう……あたし、こんなことしたくない……」

おみさは目をつむってしまって、女友達から笑われた。

「なに言ってんの。あたしなんか毎晩してもらいたいくらいよ」

なかでも一番早熟だった女友達は、あけすけにそんなことをいった。

「よしてよ、もう……」

おみさは眉根を寄せて耳をふさいだが、そんなおみさを仲間は寄ってたかってからかった。

「あら、おみさちゃん、まだ清吉さんにしてもらったことないの。とろいわねぇ」

「清吉さんだって、おみさちゃんとしたがってるんじゃない。早くしてもらいなよ」

などと言って、からかい半分、けしかける女友達もいた。

「そんな……うそ、うそ、うそだっぺ」

おみさは血のぼせて赤くなった。

「ばっかねぇ。清吉さんだって早くしたがってるわよ。清吉さんも江戸に行ったときには、何人もの女と遊んでるにきまってるわよ」

「そうよ。あんたは、いまが、おなごの盛りじゃないのさ。ぼやぼやしてっと、すぐに年増になっちまうよ」

なかには強引にけしかける女友達もいた。

「あんた、いくつになったのさ。いまが、しざかり、させざかりじゃないの。はやいとこ、清吉さんにしてもらったほうがいいよ」

三

——みんなにけしかけられた翌日の夜。

軽樋川端の土手の草むらで清吉に抱きしめられたおみさは、口を吸いあい、清吉が身八《みや》つ口《くち》からおずおずと乳房をさわりにきたころには頭の芯が甘く痺《しび》れてきた。

さらに、清吉の手がおみさの太腿をさぐりにきたとき、恥ずかしさはあったものの、逆らわずに清吉の肩に顔を埋《うず》めて、じっとしていた。

清吉は口を吸いつけ、左手でおみさを膝のうえに抱えあげると、おみさの舌を吸いあげ、右手で乳房をやわやわと揉《も》みしだいた。

そのうち、清吉の息づかいが次第にせわしなくなり、耳たぶと頰をなぶりはじめた。

おみさはぎゅっと目を閉じていたが、胸の鼓動《こどう》は祭り太鼓《だいこ》の乱れ打ちのように激しくなってきた。

清吉の掌《てのひら》がおみさの太腿をそろそろと這いのぼってくる。こそばゆいが、嫌ではなかった。

いつしか、おみさの尻が剝《む》きだしになってしまい、川風が涼しく股間を吹き抜けた。

清吉はおみさの口を吸いつけつつ、土手の草むらに仰向けにさせると、ためらいがちに内股に手を這わせてきた。

おみさはひしと目を閉じたまま、おそるおそる太腿を左右にひらいていった。

「おみさちゃん……な、いいよな」

清吉はうわずったような声でささやくと、掌をおみさの秘所に這わせ、柔らかな秘毛を指でかきわけてきた。

やがて、指先がおみさの秘所にふれたとき、おみさは思わずかすかな声をもらし、顔を背けた。

清吉はおみさの口をがむしゃらに吸いつけて、おみさの股間を指でかきわけ、おずおずと狭間《はざま》をさぐってきた。

清吉の指がすこしずつもぐりこんでくるうち、おみさの狭間は、いつの間にか、熱い蜜でうるおっていた。

その狭間を指でそろそろとなぞりながら、清吉はまるで鍛冶屋《かじや》の鞴《ふいご》のようにせわしない息を吐きつつ、おみさの上にのしかかると、片腕で腰をひきつけてきた。

おみさの脳裏に、ふと母が与作の腰に足を巻きつけて抱かれている姿がよぎった。

それも束《つか》の間《ま》、清吉は鼻息も荒く、おみさの両足を腕でかかえこむと、まるで盛りのついた雄牛《おうし》のようにのしかかってきた。

おみさの瞼《まぶた》がびくりと引きつった。

ふいに、おみさは股間に張り裂けそうな痛みを覚えて、思わず清吉の背中にしがみついていった。

「せ、せいきちさん……」

「な、いいだろう。な、な……」

清吉はまるで懇願するように言いながらも、がむしゃらに腰を突きたててきた。

はじめは棍棒《こんぼう》を突きこまれたような気がしたが、痛みはいつの間にか感じなくなってきた。

そればかりか、そのうち腰のあたりに疼《うず》くような感じがしてきた。

その疼きはほかにたとえようもない、からだの底から痺れるような甘く、せつないものだった。

その夜、清吉は二度もおみさを抱いた。

その日から、毎夜のように川端で忍び会いしては、清吉に抱かれた。

おみさは清吉と忍び会いを重ねるたびに、次第に躰が宙に舞い上がるような歓びを感じるようになっていった。

四

――数日後。

近隣の村の百姓に嫁《とつ》いだ、幼馴染みのおいねが里帰りしてきて訪ねてきた。

おいねは二年前に嫁にいって、すぐに女の赤子を産んだが、もう二人目の赤子を身ごもっていた。

岩田帯《いわたおび》を腹に巻いたおいねは顔をあわせるなり、にんまりとしてささやいた。

「おみさちゃん、あんた、どうやら男ができたんじゃない。もう、することちゃんとしちゃったみたいねぇ」

「え……」

「かくしてもだめだっぺ。前とお尻のふくらみかたがちがってるもの」

「うそ……」

おみさは赤くなってうろたえたが、おいねはくくっと笑って、指先でおみさの胸をつついた。

「それに、男とあれすっと、おっぱいがふくらんできて、乳首も小指みたいにおおきくなってくるのよね」

「ほんと?……」

おみさは思わず乳房を手でおさえてみた。

「いいじゃないのさ。べつに隠さなくっても、あたしなんか、もう二人目がこれよ」

すこし、ふくらみかけた腹をさすりながらケラケラと笑った。

「ほら、おっぱいが張ってきて乳首なんか、こんなに太くなっちゃったわよ」

小指の先をつまんでみせて、あっけらかんと笑いとばした。

「だって、うちのひと、ややこに乳をやってると、おれにも吸わせろだなんてしつこいんだもの。もう、いやんなっちゃう」

口先を尖《とが》らせ、おみさの尻をポンと掌でたたいた。

「おみさちゃんのいいひとって、清吉さんなんでしょ……聞いたわよ」

そういうと、ふいに声をひそめた。

「それで、清吉さん。ちゃんと結納もって、家に挨拶《あいさつ》にきたの？」

「ううん……」

「だめだよ。そこんとこ、ちゃんとけじめをつけてもらわなくっちゃ」

「え、ええ……それが、あのひと、一人前になったら、ちゃんと嫁にするから、それまで待っていてくれと言ってるのよ」

「ふうーん。なんだか、頼りないはなしよね。男なんて平気で乗り逃げするからね」

「そんな……乗り逃げだなんて」

「だめよ。口先ひとつでやらせてやっちゃ。きちんと、親の前で約束させなくっちゃ。乗り逃げされたら、泣きを見るのはおんなのほうなんだからね」

おいねはどすんとおみさの尻をひっぱたいて、ハッパをかけた。

五

いちがいには言えないだろうが、総じて暖かい黒潮がぶつかる房総半島と、冷たい寒流が岸を洗う寒い北国とでは、人の気質もおおきくちがってくる。

北国の人はどちらかというと用心深く、口も重いが、房総の人は男も女も馴染みやすく、開放的で浮気者が多いらしい。

火事と喧嘩は江戸の華《はな》といわれるのとおなじように、房総の男も喧嘩っぱやいし、博奕《ばくち》好きが多いのも気質からくるものだろう。

博奕にはまって、年貢も納められなくなってしまった百姓は、泣く泣く娘や妻を江戸から来る女衒《ぜげん》に売る羽目になる。

娘たちのほうも、ちょっと器量のいい娘はさっさと村を飛び出し、江戸に出て女中奉公をするか、水商売の店で酌婦《しゃくふ》になる。

関東代官《かんとうだいかん》の屋敷はもちろんのこと、江戸の大名屋敷や旗本屋敷をはじめ、何人も奉公人を雇って手広く商いをしている問屋や商店に女中奉公する娘は、相模《さがみ》

（神奈川県）か、下総・上総《かずさ》・安房《あわ》（千葉県）の出身が圧倒的に多かった。

江戸に隣接しているからということもあるが、相模や房総の女は気性が明るく、江戸弁にも馴れていて使いやすかった。

おなじ隣国でも上野《こうずけ》（群馬県）、下野《しもつけ》（栃木県）や甲斐《かい》（山梨県）の女は冬場は雪に妨げられて、他国に出稼ぎに行くのも大変だったこともある。

また、相模や房総に生まれた娘たちは江戸に近いせいもあって、山王《さんのう》祭りや神田《かんだ》祭り、浅草《あさくさ》の三社《さんじゃ》祭りなどにも遊び仲間と連れだって、ちょくちょく見物に出かけたりしていて、江戸の町にも馴れている。

そういうとき、娘たちは一張羅《いっちょうら》の着物を身につけ、目いっぱい化粧をして出かけるのを楽しみにしていた。

江戸には侍や浪人者などの二本差しが多かったが、相模女や房州女は武士だからといって、ことさらに怖がることはなかった。

芝居小屋や見世物小屋には侍や浪人者も見物に来ていて、酒に酔って乳や尻を撫《な》でる者もいたが、笑って軽くいなす、さばけた気性の女が多かった。

むしろ、ひそかに男からちょっかいを出されるのを楽しみにしている女も結構いた。

芝居小屋のなかは暗いため、口を吸われたり、乳をなぶられたりすることもある。

なかには着物の裾をまくって、女の股ぐらを探りにくる者も少なくないらしい。

浅草の芝居小屋や見世物小屋のまわりには出合い茶屋が密集していて、小屋のなかで酒を飲まされ、酔ったところで茶屋に連れ込まれて、何人もの男から、さんざん弄《もてあそ》ばれる女もいると聞いたこともある。

なかには芝居そっちのけで女に酒をしたたかに飲ませ、芝居小屋の暗がりのなかで女をかかえこんでいる男もいるという。

そして、女中奉公に出る女には相模女や房州女が多かったため、相模下女、房州下女といえば好き者の女の代名詞になっているほどだった。

女中奉公は年季勤めで、朝はやくから夜遅くまで尻からげして、掃除や台所仕事にこき使われていて、娘盛りを過ごす。

そのため、たまの休みには思う存分に羽をのばしたいと思うらしい。

だが、年季が明けるころには娘盛りはとうに過ぎていて、よほどの器量よしでもないかぎり、いい嫁入り口はなかった。

三十路《みそじ》前の年増になれば、台所女中にでもなるか、妾《めかけ》奉公でもするしかなかった。

　妾奉公のなかには、手切れ金目当てに夜中に寝小便して主人から追い出され、奉公先を転々とする女もいた。

　とはいえ、田舎《いなか》の生家にもどったところで、嫁の貰《もら》い手もない。

　それに、一度、江戸の暮らしに染まった女は、いまさら田舎に帰って百姓仕事にはもどる気はしなかった。

　だからといって簡単に商売ができるような才覚もないし、元手もない。

　挙《あ》げ句《く》の果てに舌先三寸の女衒にだまされて吉原《よしわら》や新宿《しんじゅく》、品川《しながわ》などの岡場所に売られても、年寄って乳房も尻もでれりと垂れさがれば、買い手の客もつかなくなる。

　そういう女たちは股をひらいての股貸し商売のほかは何もできないから、落ち行く先は茣蓙《ござ》をかかえての夜鷹《よたか》か、よくて雑巾《ぞうきん》がけの下女奉公ぐらいのものだった。

　川柳《せんりゅう》でも、そういう尻軽女たちをとりあげたものが結構ある。

　なかでも、房州女や相模女を詠《よ》んだものが多い。

　――相模下女　助兵衛さまのお気に入り

——相模下女　遠吠《とおぼ》えをしてもがく也
——それきりにゃならぬと相模食らいつき
——房州も　やわか相模におとるべき
——房州女に魔羅《まら》見せるな
などと、好色では圧倒的に相模の女と房州の女がぬきんでている。

六

数年後——。

江戸の材木問屋に奉公に出た清吉を追うように、おみさも桂庵《けいあん》（口入れ屋）の番頭をしている男の世話で、神田松永町《かんだまつながちょう》にある「なんでも十文《じゅうもん》」という安売りの雑貨屋に女中奉公に出た。

台所仕事から店の手伝いまでさせられたが、店の主人も妻もやさしくて、おみさは忙しいのも苦にせず、きりきりとよく働いた。

しかし、この「なんでも十文」屋は値段は安いが、品物が悪すぎると噂になり、しばらくするうち客が寄りつかなくなって店をたたんでしまった。

つぎの奉公先は浅草花川戸町《はなかわどちょう》の［湊屋《みなとや》］という両替商だった。

給金も年に一両二分と悪くはなかったし、奥勤めで仕事もきつくはなかった。

ところが勤めはじめてしばらくして、若旦那の幸太郎《こうたろう》に目をつけられた。

幸太郎は色白で、上背があり、目鼻立ちが芝居のなんとかいう女形《おやま》に似ているという評判だった。

男のくせに黛《まゆずみ》を薄くひいて、口にはほんのりと紅《べに》までさしている。

若い女中たちには人気があったが、おみさはまったく関心がなかった。

ところが、ある夜、厠《かわや》にいったおみさが部屋にもどりかけたところを、待ちかまえていたらしい若旦那に手首をつかまれ、片手で口をふさがれた。

もがく間もなく、おみさは腰をすくわれ、横抱きにかかえられたままで、廊下の端にある布団部屋に連れこまれた。

布団部屋は客用の絹布団や木枕などを何組もしまっておくところで、床にも畳が敷いてある。

幸太郎は小窓から淡い月光がさしこむ布団部屋で、おみさを仰向けに寝かせると、唇を吸いつけつつ、襟《えり》ぐりから手をさしこんできた。

おみさは腕をつっぱり、足をばたつかせてもがいたものの、もがけばもがくほど裾が乱れてくる。

やがて、幸太郎の手が裾前を割って、秘所にのびてきた。とうに腰巻は腰までめくれあがり、幸太郎の手指が、秘所をせわしなく探ってくる。

いっぽうで幸太郎は襟ぐりからさしこんだ手でおみさの乳房を探りとり、やわやわと愛撫しはじめた。

おみさはすでに十九歳の女盛りを迎えていたし、清吉に乳房を愛撫され、抱かれて声をあげたこともある。

幸太郎にうなじを吸いつけられ、秘所を手指で丹念《たんねん》になぶられているうちに、おみさは頭の芯が甘く疼いてきて、股間がじわりとうるんできた。

「なぁ、おみさ……あたしは前まえから、おまえを愛《いと》しいと思っていたんだ。けっして悪いようにはしないよ」

幸太郎はおみさの耳たぶを舌で吸いつけつつ、片手でおみさの乳房をやわやわと揉みしだきながら、もう一方の手指で秘所を探りつづけた。

おみさが腰をひねればひねるほど、幸太郎の指先が秘所にもぐりこんでくる。

おみさの谷間はすでに愛液で、しとどに濡れそぼってきた。

幸太郎は股間の茂みをかきわけ、気が遠くなるほど丹念に狭間を愛撫した。

幸太郎の愛撫は清吉よりやさしく、おみさは抱かれながら、思わず喜悦の声をあげた。

幸太郎は半身を起こすと、乳房を片手で愛撫しつつ乳首を吸いつけながら、おみさの両腿を左右におしひらいた。

幸太郎は谷間の毛際をかきわけ、顔を股間に埋めこんできた。

舌がおみさの秘所をあますところなく這いまわると、おみさは恥ずかしさと心地よさで思わずのけぞった。

おみさはひしと目を閉じ、幸太郎のうなじに腕をまわしてすがりついた。

やがて幸太郎はふたたび半身を起こし、一物をおみさの秘所にゆっくりと埋めこんできた。

江戸に来てからも清吉と会うことなく過ごしてきたおみさは、ひさしぶりに男に抱かれる期待に胸が高鳴り、幸太郎の背中をつかみしめ、懸命に腰を突きあげた。

――その夜。

幸太郎は見た目は優男《やさおとこ》だが、見かけによらず精が強く、夜のしらじら明けまで、おみさを入念に愛撫し、三度もおみさを抱いた。

翌日、幸太郎は廊下で拭き掃除をしていたおみさに近づくと、さりげなく鼻紙に包んだおひねりを手渡した。

急いで厠にはいり、おひねりをひらいてみたら一分銀がひとつはいっていた。

おみさの一年の給金が一両二分だから、一分銀といえば二ヶ月分の給金にもなる。

一分銀など、これまで手にしたこともない大金だった。

――どうしよう……。

昨夜の夜這いの埋め合わせらしいと思ったが、おみさは戸惑った。

おみさは洗濯物を裏庭の物干し竿《ざお》にかけながら、おきんという古参の女中にどうしようと相談してみた。

七

「へぇえ、やっぱりねぇ……」

おきんはおみさの尻をぐいっと指で抓《つね》りあげた。

「どうも、まえから、若旦那があんたを見る目つきが、あやしいと思ってたんだ」

ケラケラと笑い捨てた。

「いいじゃないの。向こうがやりたいこと、させてやったんだから、黙ってもらっときゃいいのよ。一分じゃ安いくらいのもんさ」

おきんは片目をつむって、おみさをすくいあげるように見た。

「それで、どうだったのよ……」

「え……」

「ン、もう、とぼけなくったっていいじゃない。まさか、ちょちょんのちょいで、ハイおしまいってことはなかったんじゃない」

おきんは無造作に腕をのばして、おみさの乳房をぐいとつかむとにやりと笑った。

「まぁ、あんたも、まるっきりのおぼこじゃなさそうだものね」

おきんはこともなげにいった。

「あんたも、ひさしぶりに、いい思いしたんじゃないの……」

「ン、もう、おきんさんたら……」

「ふふふ、やっぱりねぇ。若旦那はなかなかの遊び人だから、おなごを喜ばせるのはうまいはずだよ」

おきんは独り合点して、うなずいた。

「つづけて二回ぐらいはしてくれたんじゃないの」

「いやだわ、もう……そんな」

おみさは袂《たもと》で顔を覆《おお》った。

「いいわねぇ。できたら、あたしがかわりたかったくらいよ」

「え……」

「だって、このところ、あたしも日照りつづきだものねぇ。とうに水涸《みずが》れしちゃって渇きっぱなしだわよ」

「おきんさん……」

「ごめん、ごめん……」

おきんは洗濯物を干し竿に通しながら、またケラケラと笑った。

「でもさ。いいことして、お小遣《こづか》いまでもらえりゃ御《おん》の字じゃないの」

「そんな……」

「だけど、いくらなんでも、一分はちょっと安すぎるわね。いまどき、本所《ほんじょ》の岡場所にいったって、一分やそこいらの端金《はしたがね》で、股ぐらおっぴろげて、やらせてくれる店なんてありゃしないわよ」

股ぐらだとか、やらせくれるだのという露骨なおきんの言い方に、おみさは思わず両手で耳をふさいだ。

「そうねぇ。あんたほどの別嬪《べっぴん》なら、本所あたりでも、ちょんの間の股貸しで、二分は黙ってとられるわよ」

「股貸しって……そんな」

おきんは手をのばして、おみさの股ぐらをぐいとつかみしめた。

「なに、いってんのよ、おみさちゃん。おなごはね。どのみち、男にここを貸してやって稼ぐのが、一番手っ取り早いのさ」

「でも、あたし、そんなつもりで……」

「つもりも、へったくれもあるもんかね」

「………」

「それにしても、一分やそこいらの端金で、あんたみたいな別嬪を抱こうなんて、大店《おおだな》の若旦那にしちゃ、しみったれてるわねぇ」

おきんは口を尖らせて、まくしたてた。

「いいから、あした、若旦那の顔を見たら、その一分銀、紙に包んだまま突っ返して、何かのおまちがいじゃありませんか……そう言ってやりなさいな」

「いいの、そんなこと言って……」

「だいじょうぶ……」

おきんは胸をたたいて、ささやいた。

「あんたの器量なら、一両でも安すぎるくらいさ」

おきんは自分のほっぺたと、股ぐらをポンポンとたたいて、おおきくうなずいた。

「なんたって、おなごの売り物はここなんだからね。おなごがここを安売りしてちゃ、一生泣きを見るわよ」

売り物だの安売りだのと、おきんの言葉はあまりにもあからさますぎて、おみさは思わず顔が赤らんだ。

「いいわいいわで、おとなしく抱かれてちゃだめだよ。まちがっても若旦那の嫁さんにはなれっこないんだから、もらうものは、きっちりもらっとかなきゃ……」

おきんは声をひそめた。

「あたしも若いとき、今の大旦那に夜這いされたけど、ちゃんと粒銀もらったんだから。あんただったら、一両は無理でも、やっぱり二分はもらわなくっちゃ。おなごの盛りはみじかいんだからね……」

おきんはふふふっと含み笑いした。

「これ、ないしょだけど、いま、台所で下働きしている、おふみさんも若いとき、大旦那に夜這いされたけど、ちゃんと二分はもらったらしいわよ」

「ま……」

おみさは思わず台所にいる、おふみという古参女中をかえりみた。

おふみは鼻ぺちゃで、乳房もおおきく、尻もたっぷりした三十年増である。

「あんたは今が売りごろ、させごろなんだから、ホイホイと若旦那の言いなりになってちゃだめよ」

おきんはポンとおみさの尻をたたいて、さっさと雑巾を手に拭き掃除にかかった。

八

おみさは翌日、おきんにいわれたとおり、鼻紙に包んだ一分銀を若旦那に返した。

ただ、おきんの言った「何かのおまちがいじゃありませんか……」という、きつい言葉は口にしなかった。

黙って一分銀の包みを返し、背を向けただけだったが、その夜、また若旦那は布団部屋におみさを誘って、帰り際に一分銀を二枚、懐紙《かいし》に包んで置いていった。

やはり、夜這いをされただけで、二分銀は少しもらいすぎのような気がした。

しかし、おきんにそう言うと、

「なに言ってんだか。二分なんて若旦那にしてみりゃ、お茶屋の女中にやる心付けみたいなものよ」

おきんは吐き捨てるように言ってのけた。

「いいわね。あんたほどの別嬪なら、これから、もっと、もっと稼げるわよ」

おみさの耳元でささやくと、尻を掌でポンとたたいた。

「大川べりの藁莫蓙《わらござ》敷きのうえで股ぐらひらいて寝ころんで男に抱かれる夜鷹じゃあるまいし、若旦那が相手ならもっともらわなくっちゃだめよ」

「でも……」

「だめだめ。そんな安売りしてちゃ、そのうち痛い目に遭うだけからね」

そうはいっても、おみさはおきんのように若旦那相手に駆け引きをするようなことはできなかった。

なんといっても、おみさは一年の給金が一両二分の女中である。

それに、おみさは生娘《きむすめ》じゃなし、郷里の川の土手の草むらで、清吉に毎夜のように抱かれていた身である。

若旦那に目をつけられ抱かれたとはいえ、おみさもひさしぶりに男にたっぷりと可愛がられ、思わず声をあげたほどである。

どう考えても、二分はもらいすぎとしか思えなかった。

しかも、相手は店の若旦那である。いくら夜這いをかけられたからといっても、商売女のような駆け引きなんかできなかった。

それからも若旦那はちょくちょく、おみさに夜這いをかけてきたが、そのたびに二分銀を枕の下に置いていった。

「ま、べつにへるもんじゃなし、あんたも、けっこういい思いしたみたいだから、二分ならまぁまぁということかもね」

おきんは片目をつむって、にんまりした。

ただ、身ごもらないようにする知恵だけはつけてくれた。

少し枕銭が貯まると、おみさは近くの銭見世（脇両替）にもっていって、預けておいた。

九

銭見世は金の貸し付けもするが、預かり料もとるという両天秤《りょうてんびん》の阿漕《あこぎ》な商売である。

それでも銭見世に枕銭を預けたのは、手元に置いておくよりは安心だよと、おきんに言われたからである。

若旦那は女のあしらいもやさしく、おみさは抱かれると声を殺して悶《もだ》えたほどだった。

そのおかげで、半年もすると、おみさにも五両近い蓄《たくわ》えができた。

女房になってくれないかという男も何人か現れたが、おみさも江戸の長屋住まいの暮らしがどんなものかわかってきたし、田舎の百姓の女房にもなりたくない。

田舎の百姓の女房たちは、一日中、赤子を背中におんぶし、買い物や飯炊《めした》きや掃除洗濯に追いまくられ、なりふりかまわず子供の面倒をみて、一生を過ごす。

その一方で、大店の妻や娘は髪結いも自宅に呼んで、呉服屋も手代が生地の反物を丁稚《でっち》にかつがせて足を運び、追従《ついしょう》笑いをうかべつつ、いろいろと注文を聞いては縫い子にまわす。

主人が外で妾をつくれば、妻は屋根船に芝居役者を呼んで浮気三昧《ざんまい》に日を送る。

——世の中、万事が金次第……。

湊屋のような大店は無理でも、とにかく黄金色《こがねいろ》の小判を手にしなければ生まれてきた甲斐がない。

——いいわよねぇ。男が言い寄ってくるうちが、女の花だよ……。

おきんの言ったことは、ほんとうだった。

——男からそっぽを向かれたら、女は一生、台所仕事や洗濯物に追われて生きていかなくてはならない。

——下総に帰れば、そこに野良仕事というおまけもついてくる……。

おみさは二度と田舎の村にもどるつもりはなかった。

川端の土手で、蚊《か》に刺されながら、男と逢い引きするなんてまっぴらだった。母親のように子供が寝ているかたわらで、股をひらいて抱かれるなんて、夜鷹みたいな真似はしたくない。

おみさは蓄えが三十両になったら、浅草の路地裏で間口一間半ぐらいの小店を借りるつもりでいる。

できることなら、おきんを誘って小間物屋か、赤提灯《あかちょうちん》の飲み屋でもやるつもりだ。

どんなに、いい男でも素寒貧《すかんぴん》には見向きもしなかった。

——色男、金と力はなかりけり……。

ほんものの男はおのれの才覚で生きていくものだと、おみさは思っている。

おそらく、湊屋の若旦那も店が左前になったら、まちがいなく、なすすべもなく途方に暮れるにきまっている。

女を誘う口舌《こうぜつ》は巧みでも、世の中をおのれの才覚ひとつで渡っていくような男でなければ、ほんものの男とはいえないのだ。

たとえ、その男が世の中では悪党の部類にはいるとしても、おみさは少しも恐れないだろう。

湊屋の若旦那も、おみさの目から見れば、ただ親の臑《すね》をかじっているだけの甲斐性なしの、ボンボンに過ぎなかった。

十

——その数日後。

おみさは湊屋の奥を仕切っている女中頭《がしら》に頼まれ、阿部川町《あべかわちょう》の小間物屋に使いにいった帰り道、石につまずいて転んで、足の親指を痛めてしまった。

あまりの痛さにしゃがみこんでいると、浪人者らしい二本差しの男が通りかかって、声をかけてくれた。

「ははぁ、足を痛めたな……」

男はいきなり、おみさの腰を両手ですくいあげ、そばの駄菓子屋に運びこむと、手早く足首を水で冷やしてくれた。

男は無造作におみさの足首をつかみとり、左右に曲げてみたあと、手ぬぐいを裂いて包帯がわりに巻いてくれた。

「たいしたことはないが、明日になっても腫《は》れがひかなかったら、わしのところに来るといい。東本願寺《ひがしほんがんじ》の近くで神谷平蔵《かみやへいぞう》といえば、すぐわかるはずだ」

「は、はい……」

「わしはこれから用があって出かけるが、気をつけて帰ることだな」

そういって、うなずくと去っていった。

駄菓子屋の主人も顔見知りのようだった。

「あんた、いいおひとにめぐりあったね。東本願寺裏の神谷先生なら、このあたりで知らない者はいないよ」

しばらくして、駄菓子屋の主人に礼をいって湊屋にもどった。

湊屋主人の弥兵衛《やへえ》も女中頭も、捻挫《ねんざ》が治るまで、部屋で寝ているといいといってくれた。

おきんは、神谷平蔵の名前を知っていた。

おきんは、「あんた。運がいいわねぇ。神谷平蔵というおひとは医者の腕はどうだか知らないけど、やっとうの腕はたつらしいよ」といって、おみさの尻をポンとたたいた。

「あのおひとは独り者だっていうから、せっせと通って女房にしてもらいなよ」

「そんな……」

「いいじゃない。近所の噂じゃ、［おかめ湯］の女将《おかみ》さんが熱くなって、せっせと通ってるそうだけど、あんたより年くってるから、勝ち目はあんたのほうにあると思うよ」

おきんは自分のほうが、かわりたいくらいよといって、けしかけた。

おきんの話では、神谷平蔵は旗本の次男坊で、剣術は滅法《めっぽう》強いということだった。

翌日から、おみさは女中頭に断って、神谷平蔵の診療所に通いつづけた。

おきんがいったとおり、神谷平蔵のところには［おかめ湯］の女主人の由紀《ゆき》が、湯屋の暇をみては通ってきていた。

由紀はなかなかの美人だが、おみさよりは年上だし、見込みは充分あると思った。

ただ、神谷平蔵の暮らしは思ったより貧しいようだった。

いくら、剣術が強くても、おみさは素寒貧の貧乏医者のところに転がりこむ気にはなれなかった。

――やっぱり、金も度胸もある、ほんものの男をつかまえなくっちゃ……。

父や母の暮らしや、神谷平蔵の暮らしぶりを見ていると、世の中は金がなくては一生苦労すると、おみさはつくづくそう思う。

第二章　漣《さざなみ》権兵衛《ごんべえ》

一

その盗賊の一団は隅田川《すみだがわ》の上流から二隻の荷足船《にたりぶね》で南下してきた。荷足船は表向きは二十石積みが定めになっているが、実際は米俵《こめだわら》で四、五十石は積める。

しかし、この荷足船は米俵のかわりに、黒覆面《くろふくめん》で面体《めんてい》を隠し、黒装束に身を固め、それぞれ腰に刀を帯びた二十余人の屈強な男たちを乗せていた。

星も見えない暗夜にもかかわらず、灯火もつけず、流れにまかせて南下してきた二隻の荷足船は、浅草今戸町《いまどまち》の川岸に船を寄せると、素早く舫杭《もやいぐい》に荷綱をかけた。

乗り組んでいた総勢二十余人の覆面の男たちは船をおりると、四人の手下を見張りに残し、寝静まっている深夜の大川端を素早く駆け抜けた。

浅草の花川戸町に店を構える両替商［湊屋］の裏口にひっそりと集結すると、一人がぴょぴょっと澄んだ口笛を吹いた。

待つ間もなく裏口の木戸が中から開けられて、店の女中らしい十五、六の娘が無言で一味を招き入れた。

一味は足音ひとつ立てず、たちまち裏庭に吸い込まれるように侵入していった。

勝手口から店内に侵入した盗賊の一団は、まず奉公人たちが寝ている部屋に向かった。

草鞋《わらじば》履きのまま、女中部屋と二階の丁稚《でっち》部屋に侵入した盗賊は、雑魚《ざこ》寝《ね》していた数人の女中と丁稚たちに匕首《あいくち》を突きつけ、またたく間に手ぬぐいで奉公人たちの口に猿ぐつわをかけ、目隠しをした。

腰に吊るしてきた縄で後ろ手に縛りあげたうえ、足首も縛り数珠《じゅず》つなぎにすると、見張りの者を二人残し、主人の弥兵衛が寝ている奥の間に向かった。

盗賊は奥の部屋に寝ていた主人と、十七歳になる娘の千代《ちよ》と、十五の次男を匕首で脅しつけ、目と口に手ぬぐいをかけて縛りあげた。

そのとき、おみさは布団部屋で若旦那の幸太郎に抱かれていたが、たちまち賊に見つかって、若旦那とともに目隠しされた。猿ぐつわをかけられ、紐《ひも》で後ろ手に縛られると、そのまま主人の寝所にひったてられた。

盗賊は主人に蔵の鍵を出させると、見張りの者を一人残して裏の金蔵に向かった。

金蔵のなかには一両小判の入った千両箱が三つ、二分銀の箱が二つと一分銀の箱が三つ、さらに銅銭の箱が五つ積んであった。

豆腐《とうふ》や納豆《なっとう》、青物や漬け物、駄菓子などを売り歩く小商人《こあきんど》は、売り上げの小銭が貯まると分銀に両替する。

また、質屋のなかには分銀を小判に両替して口銭を稼ぐため、常に小判や銅銭を用意しておくものが多い。

しかし、賊は銅銭の箱には目もくれず、一両小判の千両箱三つと、二分銀で五百両入った箱二つを手分けしてかつぎだした。

奥の寝所に戻った一団は、縛りあげたおみさと湊屋の一人娘の千代に当て身をかまし、ぐたりとなったところを米俵のようにかついだまま真夜中の道を運び、川岸に泊めてあった船の胴の間に投げ出した。

一隻の荷足船には三つの千両箱と五百両入りの箱二つ、もう一隻にはおみさと娘の千代を積んだ。

賊は二組にわかれて乗り込み、すぐさま対岸に向かって櫓《ろ》を漕《こ》ぎだすと、荷船はすべるように隅田川を渡っていった。

櫓を漕ぐ音と、船縁《ふなべり》をたたく波の音が聞こえてくる。

ちゃぷちゃぷちゃぷという波の音を聞きながら、おみさはふと清吉のことを思い出したが、不思議に若旦那のことは頭からすっぽりと消えてしまっていた。

まもなく櫓の音が静かになり、おみさは男の肩に無造作にかつがれて船からおろされると、裸馬の背にうつぶせに乗せられた。

虫のすだく声が、のどかに聞こえてきた。

腰巻はとうに腰のうえまでめくれあがってしまい、剝《む》きだしになった尻や太腿ばかりか股間まで夜風にひんやりとなぶられた。

ぬかるみの田舎道を四半刻（三十分）あまりも運ばれた。

馬がときおり足をとめて放尿すると、しぶきが顔にかかる。

やがて、おおきな茅葺《かやぶ》き屋根の百姓家の前で馬が止まると、おみさと千代は足をつかまれてひきずりおろされ、ふたたび肩にかつがれて、土蔵のなかに運びこまれた。

二

ここが、どこかもわからないまま、おみさと千代は口に猿ぐつわをかけられ、後ろ手に縛られた恰好で、薄暗い土蔵のなかに米俵のようにぞんざいに転がされた。

目隠しの手ぬぐいは外されたものの、帯も着物も剝《は》ぎ取られ、肌着と腰巻だけで冷たい土間に投げ出された。

二人をかついできた屈強な男が、御虎子《おまる》を手にはいってきた。

「いいか、しょんべんも、糞《くそ》もここでしろ。食い物はあとでもってきてやる」

そういうと一人の上背のある髭面《ひげづら》の男がおみさのかたわらにしゃがみこんで、右手で乳房をやわやわと揉《も》みながら、左手で太腿と尻を丹念《たんねん》に撫《な》でまわした。

「うむ、おっぱいも尻もむちりとしていて張りがある。お面《めん》も悪くねぇから、このおなごなら、どこの岡場所にもっていっても百両、いや、二百両はとれるだろうな」

男は右手をおみさの股ぐらにねじこむと、人差し指で秘所を探りとった。

おみさはびくりとして、股をぎゅっと締めた。

男は掌《てのひら》で秘所の陰毛を撫でながら人差し指を狭間《はざま》にずぶりともぐりこませ、親指で芯芽をやんわりとなぶりはじめた。

おみさは思わず腰を浮かして、ぎゅっと締めていた腿をひらいた。

「ふふふ、おめぇは男の味を知っているらしい。ここの締まり具合もなかなかいい。こいつは男泣かせのおなごだぜ」

秘所の狭間を指でゆっくりとなぞりながら、片手で乳房をつかみしめ、ほくそ笑んだ。

おみさは観念して目を閉じたが、千代のほうは、もう一人の男に強引に秘所をなぶられると、身悶《みもだ》えして泣きじゃくった。

「ちっ、こいつはぴいぴいとべそばかりかきやがって、往生際《おうじょうぎわ》のわりぃ女だ！」

ぴしゃりと平手でひっぱたいた。

やがて、男たちは二人を土間に残したまま土蔵の外に出ていった。

扉の外でがちゃりと錠前をかけられる音が無情にひびいた。

天窓からさしこむ、ほのかな光も、ぬくもりもなかった。

おみさと千代は暗い土蔵のなかで、虜囚《りょしゅう》のように身じろぎもせず横たわっていた。

やがて、遠くで寺の鐘が明け六つ（午前六時）を打つ音がのどかに聞こえてきた。

――清吉さん……。

ふいに、おみさは故郷の川端の土手で清吉に初めて抱かれた夜のことを、昨日のことのように思い出した。

こんなことになるのなら、清吉といっしょになっておけばよかったと思った。

土間の冷え込みが、しんしんと尻の下から這いのぼってきた。

三

昼頃になって二人は握り飯と沢庵《たくあん》をあてがわれた。

千代は泣き疲れて横になったまま、死んだように眠っていたが、おみさは握り飯も沢庵もむさぼるようにガツガツと飯粒ひとつも残さずに食べた。

村にいたころから、おみさは食べ物を残したことはなかった。

御虎子にまたがって小便もし、糞もいつもとおなじようにたっぷりとひりだした。

飲み水は桶《おけ》にたっぷりとはいっていたから喉が渇くということもなかった。

千代のようにめそめそしていてもはじまらない。どうせ、なるようにしかならない。

湊屋にいたころも、ここに攫《さら》われてきてからも、なんとかして生きてさえいれば、いつかはいいこともある。

男たちに逆らってみたところで、何かが変わるわけでもない。

また、だれかが助けにきてくれるなどという甘いことも考えられなかった。

栢田村の清吉も、湊屋の若旦那も口では甘いことをいうが、つまりはおみさを抱きたかっただけのことだ。

どの男も、犬や猫、野山の猪《いのしし》や、野猿《やえん》の雄《おす》とたいして変わりはない。

今はとにかく、食い物を食って、水を飲んで生きていくしかなかった。

翌日、おみさは髭面の男に連れ出され、土間で行水を使えといわれた。

六十近い、おとくという老婆が付き添っておみさの躰を洗ってくれた。

おとくは糠袋《ぬかぶくろ》と手ぬぐいを使って、おみさの股ぐらから、尻の穴まで念入りに洗った。

「いいねぇ。おまえのここは……滅多にない巾着《きんちゃく》ぼぼだよ」

おとくはおみさの股ぐらを丹念に洗いながら、にたりと笑った。

「おとくさん。その、きんちゃくなんとかってどういうことなの」

「ふふ、あんたの、ここさ……」

おとくは人差し指をずぶりと、おみさの股ぐらにさしいれた。

「うむうむ……どうやら思ったとおり、あんたはまちがいなく男泣かせの躰だよ。まぁ、せいぜい気張って、お頭《かしら》の気にいってもらうようにすることだね」

「お頭って、どんなひと……」

「うちのお頭はね。漣権兵衛《さざなみごんべえ》といって、手下が何十人もいる大親分だよ。あんた、知らなかったのかい」

「さざなみ……ごんべえ」

「ああ、若いころはれっきとしたお侍だったらしく、剣術も滅法《めっぽう》強いおひとさ」

おとく婆さんはぴしゃりと、おみさの尻をたたいてささやいた。

「おなごは、どうせ、抱かれるなら、強い男に抱かれなくっちゃ、とどのつまり泣きを見るからね」

四

行水をつかったあと、おみさは赤い腰巻をつけ、真っ白な絹の肌着を身につけて、奥にいる漣権兵衛の寝間に向かった。

権兵衛は寝間で酒を飲んでいたが、しばらくのあいだ、おみさを射るような鋭い目で見すくめた。

「よしよし、ここに、こい……ここに」

手招きされて、おみさはおずおずと権兵衛のかたわらに横座りになった。

権兵衛は左手でやわやわとおみさの乳房をつかみしめると、乳首を親指で弄《もてあそ》びつつ、吸いつけてきた。

おみさは観念したように、全身のちからを抜いた。

「よしよし、それでよい。おなごは素直でのうては可愛くない」

権兵衛はおみさの乳房を入念に愛撫しつつ、股間の茂みに手をのばしてきた。

「おまえは知るまいが、わしはふた月ほど前から、おまえを見ておった……」

「え……」

「湊屋の前の宿の二階からな。勤めの下見をしつつ、買い物や湯屋の行き帰りに通るおまえを見て、いずれはわしのものにしてくれようと思うていた」

「…………」

権兵衛に乳房をたっぷりと愛撫され、乳首を丹念に吸われているうちに、おみさは全身が気だるく弛緩《しかん》していった。

「おまえは若いわりには男の味を知っているようだな」

「…………」

「なに、隠さんでもよい。わしは男を知っている女のほうが楽でいい。生娘《きむすめ》など抱いてもおもしろくはないからな」

権兵衛は腕をまわして、おみさの腰をひきつけると、尻のまるみを満足そうに撫でまわしながら、ささやきつつ、唇を吸いつけ、舌をこじいれてきた。

おみさは目を閉じて、権兵衛の求めるままに舌をからめて全身を預けていった。

「おまえは房総の生まれだそうだな」

「え、ええ……」

「わしの生国《しょうごく》は四国の阿波《あわ》じゃ。ご先祖は鳴門《なると》の渦潮《うずしお》が渦巻く荒海に小舟を乗りだし、網をいれて魚を捕る漁師だったらしい……」

権兵衛は太い指でおみさの狭間を探りつつ、乳房をゆっくりと揉みしだいた。

「ところが、何代か前のご先祖が血の気の多いおひとでな。関ヶ原《せきがはら》の合戦とやらいう戦いで長宗我部《ちょうそかべ》とやらいう四国の殿さんの味方になっての。石田三成《いしだみつなり》とやらいう殿さんが大将になった西の軍勢にくわわって、一旗あげようとしたそうじゃ……」

乳房をやわやわと揉まれているうち、おみさは躰の芯が甘く疼《うず》いてきた。

「だがな、仲間を連れて合戦にくわわろうとしたご先祖さまが関ヶ原に着いたときには、戦《いくさ》はもう終わっておっての……」

権兵衛は身をかがめると、おみさの乳首を吸いつけつつ、じわりと濡れそぼってきた秘所を指で愛撫した。

おみさは思わず、権兵衛の背中に腕をまわすと、ひしと権兵衛の逞《たくま》しい躰にしがみついていった。

「もしご先祖さまが戦に間に合って西軍にくわわっていたら、まず、命はなかったろうな」

権兵衛は口をひんまげて、にが笑いした。

「さすれば、おれも、この世に生まれてこなんだにちがいない。西軍はあっさりと権現《ごんげん》さまの軍勢に負けてしもうたからの」

権兵衛はやおら身を起こすと、おみさの手をつかんで股間の一物《いちもつ》にみちびいた。

松の根のように節くれだった一物は、おみさがこれまでふれた男の一物とは桁違《けたちが》いに太く、先端の雁首《かりくび》はおみさが掌でつかむと、太くて堅い松茸《まつたけ》のようだった。

両手でつかんでもあまるほどで、おみさは思わず息を呑んだ。

「船の櫓を漕ぐにも、海は穏やかな凪《なぎ》のほうがよい。ご先祖さまのしたことは漣どころか、大荒れの時化《しけ》の海に小舟で鯨《くじら》に立ち向かうようなものじゃったな……」

権兵衛は自嘲《じちよう》するように薄く笑った。

「とはいえ、わしもおなじようなものよ。ご先祖さまとおなじく臍《へそ》曲《ま》がりの男だからの。ふふふ、鳴門の渦潮に小舟で乗り出していきたくなる男よ……」

権兵衛は半身を起こすと、おみさの口を吸いつけつつ、ゆっくりと腰を沈めてきた。

権兵衛はおみさの腰をかかえこむと、気が遠くなるほどの長いあいだ、おみさの躰を愛撫し、翻弄《ほんろう》した。

おみさの秘所に、太くて節くれだった権兵衛の一物が侵入してきたときは、股が引き裂かれるかと思った。

房総の川べりで初めておみさを抱いた清吉や、湊屋の若旦那などとはくらべものにならない逞しさだった。

権兵衛はふたつの掌で、おみさの乳房をやわやわと揉みこみながら、ゆっくりと律動をきざみはじめた。

やがて権兵衛はおみさを四つん這いにさせると、手鞠《てまり》のようによく弾む尻をかかえて、後ろからも犯した。

権兵衛の交合は執拗《しつよう》で、かつ、愛撫も巧みで、おみさは何度となく声をあげた。

権兵衛は朝のしらじら明けまで、三度、おみさを抱いた。

第三章　儲《もう》からぬ町医者

一

神谷平蔵の住まいは、隅田川の西岸に建立《こんりゅう》された名刹《めいさつ》・金竜山浅草寺《きんりゅうざんせんそうじ》門前の広小路を西につきあたった東本願寺の北側、誓願寺《せいがんじ》門前町《もんぜんちょう》の借家である。

浅草の東本願寺は築地《つきじ》の西本願寺と並ぶ、浄土真宗《じょうどしんしゅう》の巨刹《きょさつ》で、信徒の数は江戸市中だけでも数十万人を数えた。

浅草御門は幕府が警備の門番を常設したことから見附門《みつけもん》とも呼ばれている。

ほかにも浅草には鳥越明神《とりごえみょうじん》や、海禅寺《かいぜんじ》もあれば、のちに俳人・柄井川柳《からいせんりゅう》の墓所となる龍宝寺《りゅうほうじ》もあって、江戸一番の寺町である。

浅草には一年中、墓参りや参詣に訪れる人びとの足の絶え間がなかった。

この浅草界隈《かいわい》には触れ売りと呼ばれる行商人たちが一日中、なんだかんだと食い物を売り歩きにくる。

夜明けごろには味噌汁用のアサリやシジミ売り、納豆《なっとう》売りや醤《ひしお》売りが、また、昼飯前には煮豆売り、青物売り、夕飯前には煮染《にし》め屋もやってくる。醤とは舐め味噌のことで、飯にのせて食うもので、納豆や、でんぶとともに安いおかずのひとつになっている。

アサリやシジミは江戸湾の浅瀬でいくらでも採れた。刺身は鰹《かつお》がもっとも好まれ、鮪《まぐろ》は大味で下賤《げせん》の食い物といわれていた。大名や旗本たちの実入りは米だから、家臣は米を売って暮らしをたてるため、江戸には米があまるほど出回る。

江戸っ子はなによりも白い飯を腹いっぱい食えれば満足していた。日暮れると夜鳴き蕎麦《そばや》屋、串団子《くしだんご》売り、夏には甘酒売りもやってくる。

広小路には呉服屋もあれば、古着屋も古道具屋もあるし、足袋《たび》屋もあれば櫛《くし》や簪《こうがい》屋、質屋や金貸し、刀剣屋、研師《とぎし》までいる。

街のはずれには吉原という遊郭の灯が朝まで消えることはないし、大川端には手ぬぐいをかぶって、茣蓙《ござ》をかかえて男の袖《そで》を引く夜鷹《よたか》の姿もあちこちに見られる。

夜鷹は別名、蚊吸《かす》い鳥とも呼ばれた。蚊吸い鳥は昼間は眠っていて夕方から虫を捕らえて食う鳥で、夜中に藁茣蓙《わらござ》をかかえて路傍《ろぼう》で客の袖の引く売春婦をこの鳥にたとえたものだ。

おなじように、夕刻から夜更けまで蕎麦を売り歩く夜鷹蕎麦屋というのもいる。また夜焚《よだ》きといって、大川に船を漕《こ》ぎだし、焚き火の光にあつまる魚を捕る漁師も浅草の大川端には結構いる。

編笠をかぶった女太夫《おんなだゆう》が、三味線《しゃみせん》を弾きながら唄をうたって門付けし、町を流し歩く、鳥追い女という者もいる。

鳥追いは紙に十二文包んでもらって唄を披露《ひろう》するが、誘われると家に入りこみ、裾《すそ》をまくって売春もする。

浅草には辻放下《つじほうか》といって、石を投げて曲取りをしたり、手品を見せて銭を稼ぐ者もいる。

およそ人が求めるものはなんでもあるのが、浅草という町である。

二

ようやく長かった梅雨《つゆ》も明け、爽《さわ》やかな夏の夕風が、風呂上がりでうっすらと汗ばんだ肌を、なんともここちよくなぶって吹き抜ける。

神谷平蔵は浴衣《ゆかた》姿で、縁側にどっかとおおあぐらをかいて、団扇《うちわ》を使っていた。

この界隈は大川が近いため、涼風もよく通るが、蚊も多い。

蚊いぶしを焚きつけ、せっせと団扇を使っていると、ガタピシと建てつけの悪い戸口の引き戸をこじあけて、無遠慮な声がした。

「よう、いるかい……」

かねてから顔見知りの八丁堀《はっちょうぼり》の定町廻《じょうまちまわ》り同心・斧田晋吾《おのだしんご》の声だった。

「ちっ、居留守を使っても、帰るようなタマじゃなかろう……」

「それはなかろうが……たまには鍋でもつつこうかと思って、さっきまで百姓家の庭で放し飼いにしていた軍鶏《しゃも》を持ってきてやったんだぞ」

表から土間を突き抜けて、斧田が裏庭に出てきた。

「しかも、腕っこきの板前同伴だぞ」

ひょいと顎《あご》をしゃくってみせた斧田のうしろから、浅草広小路の東仲町《ひがしなかまち》で「しんざ」という小料理屋をだしている小柳進三郎《こやなぎしんざぶろう》が、出刃包丁《でばぼうちょう》を片手に笑顔を見せた。

「それも雄《おす》だけじゃなく、肉の柔らかい若い雌《めす》の軍鶏も一羽もらってきましたよ」

進三郎は元御家人の三男で、若いころ道楽が過ぎて勘当されたという。屋敷を出たあと上方《かみがた》にのぼって、大坂《おおさか》の居酒屋の娘を女房にし、江戸に戻ると小料理屋を営むようになったという変わり者である。

しかし、本音のところはどこぞの家に養子に入り、幕臣として窮屈な日々を過ごすのは、まっぴらごめんという心境だったと聞いている。

そういうところは旗本の次男坊に生まれた平蔵の心持ちと相通じるものがある。

「よう、進三郎か……開店前なのに店をほっぽらかしにしといていいのかね」

「いやいや、ご心配なく。うちが忙しくなるのは五つ（午後八時）過ぎてからですからねぇ。こいつを始末して軍鶏鍋をつつきながら一杯やってからでも大丈夫……」

脚を縄でしばった二羽の軍鶏を手にぶらさげて見せた。

「ほう、軍鶏鍋とは豪勢だな」

「だろう。この太い腿を見てみろ。みっしりと肉がつまっておろうが……」

まだ生きている軍鶏の脚を見ながら、斧田が舌なめずりした。

「しかも、ついでに酒といっしょに葱《ねぎ》と豆腐《とうふ》も買ってきたぞ」

片手にぶら下げてきた一升入りの貧乏徳利を見せるとにやりとした。

「ほう、貴公にしちゃ気がきいているな」

「ふふふ、食いしん坊の矢部《やべ》どのが、あとで聞いたら悔《くや》しがるだろうよ」

雄の軍鶏は百姓が遊びに庭先で飼って、蹴り合いに銭を賭けて楽しむための鶏《にわとり》で、発祥《はっしょう》は四国だと聞いている。

いわば非合法の賭博《とばく》で、役人に賄賂《わいろ》を使って黙認してもらっている遊びだ。一度、負けた軍鶏は負け癖がついて使えなくなると聞いたこともある。

「しかし、生きておる軍鶏をさばくのは、ちと骨だろうが……」

「なぁに、どうってことはありません。四半刻（三十分）とかかりませんよ」

進三郎は腰に吊るした手ぬぐいできりりと鉢巻をしめると、二羽の軍鶏の足をつかんで井戸端に向かった。

ここの井戸は浅草にはめずらしく深い掘り抜きの井戸で、水は真夏でもひんやりとしており、冬も温度があまり変わらないため、洗濯をしていても手がかじかむようなことはなかった。

この一軒家は、元は大身旗本が妾宅《しょうたく》として造らせた家で、部屋の間取りもゆったりとしていて、独り者にはもったいないほどである。

裏庭には百日紅《さるすべり》や金木犀《きんもくせい》などの庭木が植え込まれていて、四季の移り変わりを居ながらにして感じられる。

小柳進三郎の包丁の腕は玄人《くろうと》はだしで、［しんざ］には常連客も結構いる。

「進三郎を連れてきたとは気がきいておるだろう……」

斧田晋吾が、どうだといわんばかりに、ニタリとほくそ笑んだ。

そこへ戸口から下駄《げた》をカラコロと鳴らして青葱の束を手にした由紀が駆け込んできた。

「遅くなってすみませぬ。すぐに支度しますからね」

斧田が片手をひらひらとふってみせた。

「なんのなんの、気になさることはござらんわ。ご亭主は風呂上がりでのんびりと夕涼みしてござったわ」

「そうそう、まだ、これから軍鶏を打ち首にするところですよ」

進三郎が出刃を片手に雌の軍鶏の首をつかんで吊るしてみせた。

首を吊るされながらも、まだ生きている軍鶏がもがいてバタバタと羽ばたいた。

「あら、いやだ……」

由紀が思わず両手で口をふさいだ。

「はっはっは、おなごの、いやよいやよは、いいわいいわもおなじことともいいますからな。さしずめ、ゆうべも神谷どのとせっせとはげまれたようじゃな」

「え……」

「ふふふ、俗におなごの尻で書くのの字も、筆の使いようとも申す。いやはや、なんともうらやましいことよ……」

「もう、存じませぬ」

由紀は赤らめた顔を両手で覆《おお》うと、急いで台所に駆け込んでいった。

斧田は町方廻りの同心だけに、役人にしてはくだけたもののいいようをする。

「はっはっは……どうやら図星だったらしいのう」

斧田がにんまりと進三郎を見やって、片目をつむってみせた。

「ちっ、なにをぬかしやがる」

平蔵、眉をしかめて舌打ちした。

由紀は田原町《たわらまち》で湯屋を営んでいるが、平蔵とは臥所《ふしど》をともにする仲になっている。

かつては武家の娘だっただけに、血だらけの怪我人の縫合《ほうごう》にも顔色ひとつ変えず手伝ってくれる気丈《きじょう》な女だった。

三

七輪《しちりん》を縁側にもちだし、三人で軍鶏鍋をかこんで舌鼓《したつづみ》を打った。

由紀は湯屋の女将《おかみ》の仕事があるといって、［おかめ湯］に帰っていった。

軍鶏は百姓たちが闘鶏用に育てる鶏だが、闘鶏に使うのは雄だけで、雌は卵を産まなくなると首を締められ、食用にされる。

雄の軍鶏の肉は固いが、雌の軍鶏は脂《あぶら》もそこそこにのっているし、肉も軟らかめないっぽう、しこしこした歯ごたえも残って、なかなかいい。

まず葱のぶつ切りと生姜汁《しょうがじる》を入れて、一煮立ちしたところで軍鶏の肉をほうりこみ、半生《はんなま》ぐらいで食べるのが旨《うま》い。

皮と骨は包丁の背でたたいて、鍋で煮込むと味のいい出汁《だし》になる。

「そろそろ、いけそうですよ」

鍋奉行の進三郎がうながすや、まっさきに箸《はし》を入れたのは斧田だった。

「どれどれ……ううむ、これは絶品だ。しこしこしていて歯ごたえもあって、うまい。脂ものりごろの女盛りというところよ」

「ちっ、まったく町方同心も品《しな》くだったもんだ。軍鶏に女盛りもへったくれもあるか」

「なにをいうか。軍鶏は雌のほうが肉も柔らかくて、脂ものっておるというが、ひともおなじことよ」

斧田はにやりとした。

「なにせ町医者は、脂ののったおなごの腹をさすってみたり、股ぐらをのぞいたりという役得があるからのう。いや、羨《うらや》ましい稼業だのう」

「こいつ、なにが役得だ。おれのところに来るおなごの患者は腹ぼての女房か、皺《しわ》くちゃ婆さんがほとんどなんだぞ」

平蔵はじろりと斧田を睨《にら》みつけた。

「なかには浮気者の亭主から毛虱《けじらみ》をもらって泣きついてくる女もおる。おおかた岡場所の女からもらってきたものだろう。そういう後始末も役得だというのか」

「ふふふ、わかった。わかった。まぁ、そうムキになるな」

斧田同心は手をひらひらと横にふると、まだ生煮えの軍鶏の肉を口にほうりこみ、アフアフさせて嚙みしめた。

「ううむ。こりゃうまい！　なんともこたえられんぞ」

「ちっ、同心は逃げ口上も達者なもんだ」

「そういえば斧田さんは、同心のなかでも悪党を捕らえるのはずば抜けていますが、逃がすのも得意の口ですからね」

進三郎がにんまりして軍鶏の肉を口にほうりこみ、片目をつむってみせた。

「なにぃ……」

斧田が軍鶏の肉を嚙みしめながら、目を白黒させた。

「ははは、そういえば、昨夜、湊屋に押し込みがはいったそうですね。やつらは、なんでも噂《うわさ》の漣権兵衛一味だと聞きましたよ」

進三郎が懐中から読み売り屋のチラシをつかみ出した。

「しかも、湊屋の娘の千代と女中のおみさという娘を人質にとって、四千両もの大金が奪われたそうじゃないですか」

「なんだと、湊屋のおみさが攫《さら》われただと、それはまことか……」

平蔵は思わず身を乗り出し、進三郎の手からチラシをひったくった。

四

——さざなみ権兵衛　江戸に見参す！

拐《かどわ》かされた娘が二人！

奪われた小判は四千両！


チラシの大見出しを見るなり、思わず平蔵は眉をひそめた。

「ほう、湊屋の女中は神谷さんの顔見知りでしたか……」

進三郎が煮えたての軍鶏肉を頬ばりながら、目を瞠《みは》った。

「うむ、湊屋の主人は成り上がり者の典型みたいな男らしいが、女中のおみさなら、よう知っている。あの娘は気立てもよく、なかなかの器量よしだぞ」

「おい。貴公、もしかして、おみさにまで手をだしておったのか」

斧田がにんまりして揶揄《やゆ》した。

「ばかをいえ。おみさは足の指を捻挫《ねんざ》して、おれのところに治療に通っていただけのことだ。邪推もたいがいにしろ」

「どうだか、あやしいものだ。足の治療にかこつけて、裾をまくったついでに、おみさも抱いておったのではないのか……」

「なにぃ……」

「ふふふ、ま、そうムキになるな。なにせ、あんたは治療に通っておった湯屋の女将までちゃっかりとモノにした男だからな」

「おい。モノにしたとはなんだ。品さがったことをいうな」

「よういうわ。男と女がすっぽんぽんになって抱きあうのに品もへったくれもなかろう」

斧田はにたりとした。

「ふふふ、貴公。ゆうべも夜中過ぎまで枕行灯《まくらあんどん》の灯りがついておったぞ」

「おい、きさま……」

平蔵が舌打ちして、斧田を睨みつけた。

「おれの家まで見張っておるのか」

「ふふふ、ま、いいじゃないか。いずれにしろ、貴公も、女将も独り者同士だからの」

斧田は涼しい顔で軍鶏肉を嚙みしめた。

「なにしろ、あの女将も女盛りの独り身、きさまも独り身。睦《むつ》み合うにだれに憚《はばか》ることもないわ。いや、結構、結構……」

「ちっ！　嫌《いや》みなやつだ」

平蔵は舌打ちして、にが笑いした。

「ともかく、おみさの紹介もあって、あそこの奉公人たちの何人かが、おれの診療所に来ておってな」

「それじゃ、大事なお得意さま、金蔓《かねづる》じゃないですか」

進三郎がにんまりした。

「おい、その、お得意さまとか、金蔓とはなんだ。卑《いや》しいことをいうな」

「いやいや、金を稼ぐことを卑しいといっているようじゃ当節の医者は食っていけませんよ」

「なにぃ……」

「江戸には医者なんぞよりどりみどり、掃いて捨てるほどいるんですからね」

進三郎は軍鶏の肉を口にほうりこみながら、涼しい顔でほざいた。

「なにしろ、江戸の医者は本道《ほんどう》（内科）から金創《きんそう》（外科）、骨接《ほねつ》ぎ、産婆《さんば》から子堕《こお》ろし専門の中条流《ちゅうじょうりゅう》までいれりゃ、何百人になるかも知れないといったのは神谷さんじゃないですか」

「う、うむ……」

進三郎のいうとおり、医者はべつに免許がいるわけではなく、薬屋に毛のはえたようなものである。

五

疝気《せんき》にはマタタビの粉を酒か砂糖とまぜて飲むとか、しゃっくりには口のなかに「宗」の字を三度書けば止まるという呪《まじな》いみたいなものまである。

また、頭痛は浅草の柏原《かしわら》明神にせっせと願掛けすると、早く治るという、まるで神頼みのようなものまであった。

しかし疱瘡《ほうそう》（天然痘《てんねんとう》）、麻疹《ましん》（はしか）、赤痢《せきり》などの疫病《えきびょう》には特効薬はなかった。

また、労咳《ろうがい》（肺結核）や脚気《かっけ》、中風《ちゅうふう》、痔疾《じしつ》なども完治までに長引くため、神や仏に祈願する者が跡をたたなかった。

――医者の論、まず病人を棚にあげ
――変《へん》という逃げ道　医者はあけておき

——とどめをば余人に渡す匙加減《さじかげん》

などという、医者をおちょくった皮肉な川柳が詠《よ》まれたほどである。

余人というのは、ほかの医者に頼めという責任のがれにひとしい。

なにしろ、直参のなかでも食いつめると、医者でございと看板を掲げたほど、江戸には俄《にわか》医者が腐るほどいた。

肝心の病人は置いてけぼりにして、家族への説明に汗だくになる。

そのうち、答えにつまるとしどろもどろになってしまい、いや、これは難病じゃとごまかし、そそくさと逃げだす者までいたほど、生半可な医者が多いのは事実だった。

痔疾はともかく、疱瘡や赤痢、労咳などは神頼みしか手がなかった。

子堕ろしの代名詞にもなっている中条流のはじまりは豊臣秀吉《とよとみひでよし》の家臣で中条帯刀《たてわき》という金創医だという説と、仙台藩の産科医だという説がある。

いずれにしろ、子堕ろしの医者は川柳にも詠まれるほど繁盛した。

いくら子堕ろしは人の道にはずれると説いても、男と女が抱き合いたいという生き物の本能だけは抑えることはできない。

貧しくて子はいらないと思っていても、男と女が交われば子を孕《はら》む。

そして、どうしようかと迷っているうちに産み月がきてしまう。

むろん、神谷平蔵の診療所にも子堕ろしを頼みにくる者はいたが、平蔵は力ずくで犯されて身ごもった女だけは、知り合いの中条流の医者を紹介してやった。

しかし、好きあって身ごもった女は相手の男に談じこんで夫婦にさせるか、一生食うに困らない金を男に出させることにしている。

子が欲しい夫婦にはなかなか子ができず、望んでもいない夫婦が身ごもるもので、世の中は皮肉にできている。

平蔵は子はいらないと思っている夫婦には身ごもりやすい時期を教えてやり、そのあいだは床をともにしないようすすめることにしていたが、男女の道は人の願うようにはならないものらしい。

いま、平蔵がかかわりをもっている女は［おかめ湯］の女将の由紀ぐらいのものだが、二人のあいだには平蔵が縁あって引き取ってきた太一《たいち》という孤児《みなしご》がいて、平蔵をちゃんと慕い、由紀をかあちゃんと呼んで［おかめ湯］で、元気に育っている。

六

「しかし、こういっちゃなんですが、この浅草寺界隈に住んでおるのは日銭稼ぎの職人か、担《にな》い売りの小商人《こあきんど》ばかりでしょう」

　進三郎が皮肉な笑みをうかべた。

「病人や怪我人が出たときは神や仏のように医者を拝み倒すが、治ってしまえばケロリとした顔で、医者代や薬代のことなんぞころっと忘れて、知らぬ顔の半兵衛をきめこむような連中じゃないですか」

「うむ……ま、このあたりは、その日暮らしの日雇い人夫や、職人が多いからの。悪気があって踏み倒すわけじゃない」

「あたりまえだ。悪気があって踏み倒されたら医者もたまらんわ」

　斧田が吐き捨てた。

「そのかわり、雨漏りでもすれば屋根屋が手早くなおしてくれるし、どこかで煮物をつくれば冷めないうちにもってきてくれるからな。おおいに助かる」

「ふふふ、甘い甘い。甘いなぁ、神谷さんは……そんなことを言っていたら、そのうち自分の顎が干上がりますよ」

進三郎は箸を横にふりながら、にが笑いした。

「金貸しが金貸すときのえびす顔、取り立てるときの閻魔顔《えんまがお》なんて言われるのも、おなじことですよ。なにせ、金貸しは元手の金が、命綱ですからね」

進三郎はアツアツの軍鶏を口に頬ばりながら、うなずいた。

「ほら、柳島村《やなぎしまむら》の篠山検校《しのやまけんぎょう》どのも旗本や商人に貸した金を取り立てるときは微塵《みじん》も容赦しないが、いっぽうでは食いつめた貧乏人を何十人も屋敷内の長屋にいれてやって、仕事をあたえて面倒をみてやっているでしょう」

「ううむ。篠山検校どののような有徳《うとく》のおひとは滅多におらんだろうな」

いま、平蔵が住んでいる家も篠山検校の持ち家のひとつだが、家賃なしで提供してくれている。この家は、篠山検校が貸し金の抵当として手にいれたものだということだった。

篠山検校は按摩《あんま》から身を起こし、座頭金《ざとうがね》といわれる高利貸しで莫大な富を得て、京の朝廷に献金し、検校の位を授かった人物である。

篠山検校は莫大な資産をもっているらしいが、今はその金を惜しげもなく使い、暮らしに窮した人びとを柳島村にある屋敷のなかの長屋棟に住まわせている。

しかも、それぞれに向いた仕事をあたえて働かせているという美徳の人物でもある。

篠山検校の長屋には、大工や屋根葺《ふ》き職人、畳職人、左官職人、壁塗りの職人、なかには吉原から逃げ出してきた女郎、夜鷹をしていた女までいる。

その男女のなかで、こころを通わせあった男女が出てくれば媒酌人《ばいしゃくにん》になってやって夫婦にさせてやったりもする。

平蔵の剣友で、検校屋敷の差配をすべてまかされている笹倉新八《ささくらしんぱち》は念流《ねんりゅう》の遣《つか》い手でもあるが、屋敷の女中頭《がしら》の佳乃《よしの》を妻にして、今では検校を慈父《じふ》のように慕っている。

かつて平蔵は、検校屋敷の金蔵を凶悪な盗賊たちが狙っていると聞いて、親友の矢部伝八郎《でんぱちろう》と笹倉新八とともに待ち伏せし、未然に防いだこともあった。

その見返りとして、篠山検校は浅草の一軒家を平蔵に無償で提供してくれることになった。

七

あらたな軍鶏肉を鍋に入れたころ、さっき噂をしていた食いしん坊の矢部伝八郎が匂いを嗅《か》ぎつけたように、貧乏徳利をぶらさげて、ころあいよく現れた。

「おう、うまそうだのう……」

鼻をひくつかせた伝八郎は、早速、箸を片手に割りこんできた。

伝八郎は立ったまま鍋のうえに顔をつん出したが、斧田同心の顔を見た途端にちっちっと舌打ちした。

「やや、八丁堀がいるところを見ると、どうやら、またぞろ、キナ臭いことに首をつっこみかけてるんじゃないのか」

じろりと斧田を一瞥《いちべつ》した。

「おい、神谷。まさか、今度も、またまたタダばたらきさせられるんじゃあるまいな」

斧田同心がにが笑いした。

「いやいや、とんでもない。じつはな、漣権兵衛とやらいう盗賊の一味が浅草にも現れたんでな。おれたち同心も殺気だっておるところよ」

「ほう、漣権兵衛というと、西じゃずいぶん騒がれた盗人《ぬすっと》だろう。これまで強奪された金は二十万両じゃきかないそうだな」

「うむ。そいつがゆうべ湊屋に押し入って、四千両の小判と、湊屋の一人娘と、女中を攫っていきやがった」

「なにぃ、湊屋の女中というと、まさかおみさちゃんじゃあるまいな」

伝八郎が食いつきそうな目になった。

「おお、あんたも、おみさという女中を知っているのか……」

「知っているとも。なにせ、浅草界隈じゃおみさに岡惚《おかぼ》れしていないやつは一人もおらんわ。器量はよし、気立てはよし、若いやつならだれでも口説《くど》きたくなるほどの上玉だぞ」

「ははぁ、だから漣権兵衛が目をつけやがったんだな」

「ちきしょう！　おい、こんなところで油売ってる暇があったら、さっさと漣なんとやらいう悪党をふんじばってきたらどうなんだ」

「油売ってるとはなんだ。きさまにいわれんでも、いま、岡っ引きが足取りを追ってかけずりまわっておるわ」

「ようういうわ。肝心の同心がこんなところで軍鶏鍋をつっついてる暇なんぞなかろうが」

「なにをぬかしやがる。おれも朝っぱらから足取りを追って、市中をかけずりまわってるところよ」

　この二人、どういうわけか、顔をあわせると、いつも闘鶏みたいにいがみあう。

「たいがいにしろよ、伝八郎」

　平蔵は舌打ちして、伝八郎を睨みつけた。

「軍鶏じゃあるまいし、斧田さんの顔を見るなり嚙みつくやつがあるか」

「う、うむ……」

「ともかく軍鶏鍋と酒だけはたっぷりとあるぞ。ま、座れ」

「ううむ。そうか、そうか……しかし、軍鶏鍋とは、また豪勢だの」

　たちまち伝八郎は舌なめずりして、目をかがやかせた。

「おお、しかも雌の軍鶏もあるのか……雌は肉がやわらかくていい。気性もおとなしいしのう」

「そうよ。雄はきさまとおんなじで、すぐ喧嘩《けんか》腰になるからな」

「ちっ、わかった、わかった。そう嫌みをいうな」

伝八郎はニヤリとした。

「湊屋が漣権兵衛の一味に押し込みをかけられたという知らせが、おれの耳にはいったのは明け六つ半（午前七時）過ぎだったが、やつらはとうに大川を渡ったあとだったらしい。ま、ともあれ後の祭りよ」

斧田は茶碗の酒をぐいと飲みほして、にが笑いした。

「おまけに漣権兵衛の一味には腕ききの二本差しが多いらしいから、町方の同心では荷が重かろうと言われてな」

「そんなことはなかろう。これまでも、ずいぶん凶悪な悪党を捕らえてきたじゃないか」

平蔵は眉をひそめた。

「どこの、だれが、そんないちゃもんをつけてきたんだ」

「火盗改《かとうあらため》よ。漣一味はわれらが捕縛《ほばく》するゆえ、八丁堀は手出し無用だとよ」

斧田晋吾はいまいましげに舌打ちした。

「手出し無用とはどういうことだ」

平蔵が眉をひそめた。

「うむ……おれにもようわからんが、なにせ、今月の月番奉行になった大岡《おおおか》さまは、上の意向には一切逆らわぬおひとだからの」

江戸の町奉行は月番制になっていて、北町と南町が一ヶ月ずつ交代で役務にあたっている。

定番制《じょうばん》にすると職権乱用をするものが出てくるということらしい。

「上様のお気に入りか何かは知らんが、おりゃ、どうも、あの大岡越前《えちぜん》という男は気にいらんのう」

アツアツの軍鶏をたてつづけに頬ばりながら、持参した貧乏徳利の酒をぐいぐいと茶碗であおって、伝八郎は首をぐらぐらさせながら口を尖《とが》らせた。

「ありゃ、上によいしょしちゃ、下にはそっくりかえるへつらいものよ。ウン……まちがいない」

「こいつ、いい加減にしろ」

平蔵が背中をどやしつけると、伝八郎はとたんにぐにゃりと仰向けになって鼾《いびき》をかきはじめた。

斧田同心が巡回に出ていったあと、軍鶏の肉はあらかた胃袋におさまってしまい、残っているのはほとんど葱と豆腐ばかりになっていた。

しかし、軍鶏肉の出汁が、たっぷりとしみこんだ葱と豆腐は、酒の〆《しめ》にはこたえられないほど旨かった。

由紀が炊《た》いていってくれた飯にぶっかけ、進三郎といっしょに沢庵《たくあん》をかじりながらガツガツとかきこんだ。

「こいつは、いけますねぇ……」

「うむ、まさに絶妙の味だな……」

大の男が二人、犬か猫に食わせるようなぶっかけ飯に舌鼓をうっているのだから世話はない。

釜に残った飯をシャモジでこそげとり、お代わりしてぺろりと平らげた。

腹がくちくなると、自然の摂理《せつり》とやらで眠くなるものらしい。

伝八郎が飲み残した貧乏徳利の酒を座敷にもちこんで湯飲みですすっていると、暮れ六つ（午後六時）を告げる鐘の音が聞こえてきた。

蚊いぶしの煙がゆらゆらとたゆたうなかで、進三郎と二人で大の字になってとろとろとまどろみはじめた。

夏の涼しい夕風になぶられていると自然と瞼《まぶた》が重くなってくる。

平蔵は睡魔に誘われるまま、いつしか眠りに落ちていった。

八

ここ浅草は大川に沿って、東側には幕府の御米蔵《おこめぐら》がずらりと白壁の軒を連ねている。

周囲には蔵役人の組屋敷があるうえ、小役人や直参の組長屋も密集している。さらに、北側には浅草寺があり、その末寺も甍《いらか》を並べる寺町でもあった。

平蔵が借りている住まいも寺町の一画にある。

寺の参道や宿坊には、松や檜《ひのき》の常緑樹が植えられ、一年中、青々とした葉をしげらせてくれている。

さらに浅草寺の北のはずれには人びとの煩悩《ぼんのう》のはけ口でもある吉原遊郭がある。

また大川を渡った対岸には吉原よりは安直な女郎屋が軒を連ねていて、紅白粉《べにおしろい》をつけた遊女が男の袖をつかまえ、チョンの間遊びに誘いこみにかかる。

男のなかには先祖の墓参りにかこつけ、鼻の下をのばして女郎買いに立ち寄る者もいた。

墓の前で数珠《じゅず》を手に、殊勝《しゅしょう》に南無阿弥陀仏《なむあみだぶつ》を唱えたあと、精進落《しょうじん》としを口実にして、安女郎を抱きにゆくのを楽しみにして墓参りにでかけるのである。

家で待っている女房の手前、後ろめたさを吹き飛ばすためにも勢いづけに一杯ひっかけていこうとする者も多い。

広小路には間口が三間もあるような呉服屋や家具屋、仏壇屋などが店を構えているが、広小路の南側には細い路地が入り組んでいた。

そんな細い路地に赤提灯《あかちょうちん》を吊るした一杯飲み屋が立ち並んでいる。

飲み屋の酌婦《しゃくふ》はほとんどが住み込みで、昼前まで二階で眠っていて、起き抜けに湯屋にいって眠気をさます。

帰ってくると髪結い屋に出かけ、紅白粉をこってりと塗り、安物の櫛簪をつけて客引きにかかる。

「ねぇ、ちょいと寄ってらっしゃいよ」

逃げようとしても男の手首を強引にたぐりこんで店に引きいれようとする。

ちょいと尻でも撫《な》でようものなら、待ってましたとばかりに腰をすり寄せ、手首を襟《えり》ぐりにみちびいて乳房をおしつけてくる。

男にしばらく乳房をなぶらせておいて、腰をおしつけながら甘い声でささやきかける。

「ねぇ、うちには二階もあるの。そこで二人っきりで軽く一杯やって……ふふっ、ねぇ、いいでしょう。チョンの間ならたったの一朱でいいのよ」

それにつられて二階にあがると、たちまち燗冷《かんざ》ましの酒を二、三本運びこませるが、飲む暇も惜しんで、ごろりと寝ころぶ。

客が盃《さかずき》に手をのばしかけると、その手をかいこんで着物の裾を腰までまくりあげる。

客が乳房を愛撫する間もなく、赤い腰巻を腰までたくしあげて白い股ぐらに男を抱えこんでしまう。

二階は二部屋あって、襖《ふすま》で仕切られているが、どちらの部屋も六畳間を二つ折りの安屏風《やすびょうぶ》で仕切ってある。

男がもたもたしていると、腕をのばして股ぐらの褌《ふんどし》のなかから一物《いちもつ》をつかみだす。

半だちの男の一物をしごきたてるなり、股ぐらにみちびいて、くわえこむやいなや、腰をしゃくりたて、たちまち男に気をやらせてしまう。

これが、チョンの間という符丁《ふちょう》で、一朱のはずが、いざ、お勘定となると、まだろくに口もつけていない酒や、肴代《さかな》が上積みされているという仕組みになっている。

もし、文句でもつけようものなら、すぐさま入《い》れ墨《ずみ》をちらつかせた男が顔をだし、ドスのきいた声で脅しにかかる。

それでも吉原に行くよりは安くあがったと客はあきらめるしかない。

なかには物好きな金持ちがいて、女たちを総揚げにして、すっぽんぽんの裸踊りを楽しむ者もいた。

むろん、吉原以外の場所での売春には、ときに役人の手入れがある。だが、そういうときは前もって知らせが耳にはいるから御用になる心配はほとんどなかった。

そのために、店の主人たちは寄合で集めた金を定町廻りの同心の袖の下にせっせと使っている。

また、尼比丘尼《あまびくに》という僧形の売春女もいた。尼比丘尼というのは、頭を剃《そ》り上げ、墨染めの衣をつけ、手に数珠をもってお布施《ふせ》をもらい歩きながら、門口から独り者の男に声をかけられると、その家にさりげなく入りこみ、衣の裾をたくしあげて、二百文か、三百文そこそこの安い銭で肌身を売る女のことをいう。

頭をツルツル坊主に剃りあげた女が衣の裾をたくしあげて、手早く肌身を売る。

吉原の遊女に飽きた物好きな金持ちのなかには「そこがおもしろい」と広小路の路地裏遊びに通ってくる者も結構いた。

大川沿いには船饅頭《ふなまんじゆう》という売春婦も出没し、なかには女の亭主が船頭で客引きもしているというのもいる。

夜中になると、寺の坊主たちが頭巾《ずきん》で顔を隠して広小路の路地裏に足を運び、隠れ遊びにやってくる。

僧侶は金離れがよく、女たちも喜んで迎えるので、上得意になっている。

浅草の娘のなかには大寺の僧侶の隠し妾《めかけ》になる女も少なくなかった。

いうなれば浅草は衆生済度《しゆじようさいど》の功徳《くどく》の典型のような町でもあった。

浅草には大工や屋根葺き、左官、畳屋などの職人や、担い売りなどの小商人が多いが、なんといっても長屋の家賃も安いし、飲み屋や食い物屋も安くて住みやすい。

浅草は江戸の庶民の縮図のような町といえる。

いっぽう、そんな長屋には浮世絵師たちも住んでおり、そのほとんどが春画で稼いでいる。

いわば画商は、いずれも春画の販売で稼いでいるようなものだった。

大名や大商人から頼まれて風景画を襖や屏風に描くだけで暮らしていけるような絵師はほんのひとつまみしかいなかった。

鳥居清信《とりいきよのぶ》や古山師重《ふるやまもろしげ》、のちに活躍する葛飾北斎《かつしかほくさい》、喜多川歌麿《きたがわうたまろ》、歌川国芳《うたがわくによし》、鳥文斎栄之《ちょうぶんさいえいし》、磯田湖龍斎《いそだこりゅうさい》、勝川春章《かつかわしゅんしょう》などの高名な絵師たちも、若いころは、だれもが画商にすすめられるまま、春画で暮らしをたてていたのである。

かれらの多くは浅草や下谷《したや》に住まい、船饅頭や夜鷹を買って、さまざまな姿態をさせては絵筆を走らせていた。

なかでも喜多川歌麿の絵は艶麗《えんれい》で、芸者のなかには歌麿に描いてもらいたいと金をだして頼みこむ女までいた。

葛飾北斎は春画では歌麿にはどうしても勝てず、悩みに悩んだ挙《あ》げ句《く》に、版元からすすめられるまま、東海道をはじめ街道の風景を描くようになった。

北斎は東海道五十三次の連作を描いて評判になり、ようやく絵筆で暮らしていけるようになったのである。

第四章　剣士の定め

一

——その翌日。

神谷平蔵の診療所にはめずらしく朝から患者がおしかけてきて、飯もろくに食う暇がないありさまだった。

由紀が、朝湯を使いにきた客でひとしきりたてこんだ［おかめ湯］にひと区切りつけてやってきて、急いで握り飯をつくってくれたので、どうにか腹の虫をなだめることができた。

昼過ぎに、下駄《げた》の歯入れをしている職人がやってきて、誤って木槌《きづち》で指先をたたいて爪を痛めたというので治療してやった。

もう一人、石臼《いしうす》の目立てをしている職人が鏨《たがね》の手元が狂って、石臼の破片が目に入って目玉がくしゃくしゃするという。天眼鏡を片手に、鉄を曲げてつくった抓み鋏の先で破片をとりだしたあと、煮沸して冷ましたぬるま湯で丁寧に洗ってやった。

最後の一人は日雇いの大工をしている佐吉《さきち》の女房のおきちだった。

おきちは眉をしかめて、二、三日前から股ぐらの付け根が痒《かゆ》くてしかたがないと訴えた。

どうやら毛虱《けじらみ》をもらってきたらしい。

襖《ふすま》をしめて、おきちを仰向けに寝かせて股ぐらを調べてみると、白い内股の陰毛の生え際に毛虱が何匹もしがみついている。

「ははぁ、やはり毛虱だ……」

「え……」

平蔵は一匹を指先につまみとって、掌《てのひら》に置くと、おきちに見せてやった。

毛虱はおきちの血をたっぷりと吸って、まるまると太っている。

「ま、いやだ……」

平蔵は爪でプツリとつぶして見せた。

「ふふ、おまえの血はよほどうまいらしいな。たっぷりと生き血を吸っているわ」

「いやだ、もう！」

おきちは跳ね起きると、股ぐらを指先でかきむしった。

「どうりで、昨日からここいらが痒くて痒くてたまんなかったのよ」

「おおかた、おまえの股ぐらは毛虱には住み心地がいいんだろうな。見たところ、根っこに卵まで産みつけているぞ」

「ン、もう……」

おきちは平蔵の前もかまわず、股ぐらをおっぴろげ、さらに爪でかきむしった。

「バカ。そんなことで毛虱はびくともせん。搔《か》けば搔くほど痒くなるだけだ」

「だけど、あたし、いつ、どこでこんな厄介なものもらったんだろ」

首をかしげて、股ぐらをのぞきこんだ。

「あたし、毎日、せっせと湯屋にいってごしごし洗ってんですよ。もしかしたら湯屋でもらっちゃったのかしら……」

「いいや、湯屋の籠《かご》は毎日、終《しま》い湯につけて束子《たわし》をかけ、天日で洗い干しをしているそうだぞ。おおかた、こいつは佐吉がどこかでもらってきたものだろうな」

「どこかって、どこよ」

「毛虱は獣から獣にうつるものと相場はきまっておる。人も獣の仲間だからな。おまえが浮気したか、佐吉が女と遊んできたかのどちらか……」

「よしてくださいな。あたしゃ、ほかの男と寝たことなんぞ一度もありませんからね」

「だったら、毛虱の運び屋は佐吉ということになるだろう」

「いやだ。もう、あのバカ……」

おきちは般若《はんにゃ》みたいな顔になった。

「あいつ、またぞろ助平根性だして、どこかで淫売女《いんばいおんな》を抱いてきたんですよ。帰ってきたらとっちめてやらなくっちゃ！」

「ともかく、こいつは一度、股ぐらの毛を残らず剃刀《かみそり》で剃《そ》り落とすしか手はないだろう」

「ええっ！　そ、そんなぁ……」

「ふふ、毛なしの饅頭《まんじゆう》もなかなか乙《おつ》なもんじゃないか」

「いやだ、もう！　せんせい……」

ぴしゃりと平蔵の肩をひっぱたいた。

「ま、そういきりたつな。吉原には毛なしのツンツルテンが売り物の女郎もいるというから、存外、佐吉がよろこぶかも知れぬぞ」

「ン、もう！」

おきちは腰を婀娜《あだ》っぽく曲げて、両手で顔を隠した。

おきちは二十六の女盛りで、丸顔の気立てのいい女である。

「ともかく、毛虱退治の油薬を塗ってやるが、はた迷惑になるから、当分は湯屋には行かんことだな。ほかの者にうつすとまずいだろう」

「ええ、そんなぁ……こんな糞《くそ》暑いのに湯屋にいかなくっちゃ、汗疹《あせも》でここが痒くなっちまいますよう」

おきちは頰をふくらませ、口をとんがらせたが、平蔵は一蹴《いっしゅう》した。

「いいか、しばらくは土間で盥《たらい》に湯を張って腰湯でも浸かって我慢しろ。おそらく張本人は佐吉だろうから、佐吉の股ぐらにも油薬をこってりと塗ってやれ」

「ンもう！　せんせい、いっそのこと、あんちきしょうのおちんちん、剃刀でスパッと切っちゃってくださいな」

おきちはよほど頭にきたらしく、愛嬌《あいきょう》のある丸顔が、今度は鬼夜叉《おにやしゃ》のようになった。

神谷平蔵の住まいの坪数は、約四十坪とこぢんまりしているものの、二口の竈《へっつい》がある台所をぬけると、裏には植え込みのある坪庭と、掘り抜きの井戸までついていた。

二

江戸の町は高台の武家地と海岸沿いの民家にわかれている。

江戸という街は長禄《ちょうろく》元年（一四五七）、扇谷上杉《おうぎがやつうえすぎ》家の重臣だった太田《おおた》道灌《どうかん》が、関東の地に河越城《かわごえじょう》の支城を築いたのが始まりである。

その後、足利《あしかが》氏が京都に幕府を移し、関東平野は北条《ほうじょう》氏の勢力圏となる。

やがて尾張《おわり》に崛起《くっき》した織田信長《おだのぶなが》が、三河《みかわ》の松平元康《まつだいらもとやす》（徳川家康《とくがわいえやす》）と連合し、安土《あづち》を根城にして、ほぼ天下を制圧した。

しかし、本能寺《ほんのうじ》の変で部下の明智光秀《あけちみつひで》に足をすくわれた信長は、無念の最期を遂げた。

だが、光秀の天下は長くはつづかず、信長の部将だった羽柴秀吉《はしばひでよし》が、光秀を山崎《やまざき》の合戦で破り、一躍天下を制した。

大坂に天下無双の巨大な城を築いた秀吉は、太政大臣《だじょうだいじん》となり、長かった戦国の世は終わりを告げるかに見えた。

ところが下賤《げせん》の出自だった秀吉は、信長の姪《めい》だった淀君《よどぎみ》の美貌《びぼう》にうつつをぬかし、淀君が産んだ秀頼《ひでより》の行く末を案じるあまり、当代随一の軍事力を有する徳川家康に後事をゆだねたのである。

凡庸《ぼんよう》だった秀頼に天下人の座はあまりにも重すぎて、豊臣譜代《ふだい》の諸大名の大半は家康の麾下《きか》にはいった。

——慶長《けいちょう》五年（一六〇〇）九月。

ついに天下分け目の戦いとなった関ヶ原の合戦で家康は豊臣秀頼を盟主とした石田三成の軍勢を撃破した。

慶長八年（一六〇三）三月、征夷大将軍《せいいたいしょうぐん》に任じられた家康は箱根《はこね》の東、江戸の地に幕府を定め、政治《せいは》の中心を江戸に定めた。

太閤《たいこう》秀吉が天下を制覇《せいは》したとき、三河の地に根城をもつ家康を関東の地に封じたのは、将来の禍根《かこん》となるであろう家康を京の都から遠ざけるためだった。

このとき、家康の家臣たちは秀吉の仕打ちに腹を立てたが、家康は隠忍自重《いんにんじちょう》し、家臣たちをなだめて関東に下ったのである。

東に房総半島、西に箱根の峻険《しゅんけん》をもち、利根《とね》の大河を背にした関東平野は守りやすく、攻めにくい地形になっている。

板東太郎《ばんどうたろう》と呼ばれる利根川は水運にも便利で、諸国の物産も手にはいりやすい。武士はもとより商人や職人も先を争って江戸に拠点を置くようになり、江戸は経済の中心にもなった。

江戸ばかりではなく、上方《かみがた》の京や大坂も川の街だった。

船による水運は人びとにはかかせないものだし、厠《かわや》の糞便《ふんべん》を流す水路はなくてはならないものだったからである。

京は宇治川《うじがわ》や桂川《かつらがわ》、大坂には淀の大河を中心にして街が発展し、どこに行くにも橋を渡ることが多く、川と橋が道しるべにもなっている。

また、江戸の民家は神田川の上流から取り込んだ川水を、地下に埋め込んだ樋《とい》に流し、水道井戸として日常利用する仕組みになっている。

掘り抜きの井戸は金がかかるため、よほどの資産家でないと、自前の井戸を持つことはできないからでもある。

掘り抜き井戸のある一軒家なら、家賃も月に四、五両はとられるだろう。

貧乏医者の乏《とぼ》しい巾着《きんちゃく》では到底、払いきれる額ではない。

しかしこの家は、家主の篠山検校から家賃なしで住まわせてもらっているから、懐《ふところ》具合の乏しい平蔵にとっては、まさに御《おん》の字だった。

三

平蔵は駿河台《するがだい》に屋敷がある三河譜代の直参旗本、神谷家の次男に生まれたが、生来、糸の切れた凧《たこ》のように気随《きずい》気ままな性格だった。

早熟だった平蔵は十五のころ、屋敷の蔵のなかで男女の交わりを描いた枕絵を見つけて、幼いころからの遊び友達だった矢部伝八郎といっしょに食い入るように眺めた。

煩悩《ぼんのう》に火がついて夜中に屋敷をぬけだし、伝八郎と二人で岡場所に走ったこともしばしばあった。

夜遊びの度が過ぎて、父親がわりの兄忠利《ただとし》から仕置きのために何度となく土蔵に監禁されたものだ。

平蔵が初めて娼婦でない女を知ったのもその土蔵の中だった。

差し入れの握り飯を土蔵に運んできた住み込み女中のお久《ひさ》に挑んだところ、お久はさして抗《あらが》いもせず男女の交わりのイロハを教えてくれた。

学塾で教えられた孔孟《こうもう》の教えにはとんと興味がなかったが、お久から手ほどきされた男女の交わりの楽しさに病みつきになった。

その、お久が嫁入りしてしまうと、平蔵は銭金で肌身をひさぐ娼婦を相手にするのが空しくなった。

平蔵の剣技が一皮むけたと剣の師から認められるようになったのは、そのころだったような気がする。

平蔵は学問は苦手だったが、剣才はあったらしく、鐘捲流《かねまきりゅう》の達人で江戸五剣士にかぞえられている佐治一竿斎《さじいっかんさい》の道場に七つのころから通って、伝八郎とともに十九のときに免許皆伝を許され、道場の竜虎《りゅうこ》と呼ばれるようになった。

しかし天下泰平の時代では剣術だけで食っていくのはむつかしい。

また、武家ではおなじ兄弟でも、長男と次男以下では雲泥《うんでい》の差がある。何事も長子優先で、次男以下は家臣並に扱われる。

次男以下は他家に婿《むこ》入りしないかぎりは厄介叔父《やっかいおじ》といわれ、一生生家の飼い殺しになる非情な定めである。

むろん、養子の口はいくつかあったが、義父や義母に仕えて窮屈な城勤めはまっぴらごめんと断りつづけ、父の遺言に従って、東国磐根藩《いわねはん》の藩医をしていた叔父・神谷夕斎《せきさい》の養子になった。

磐根藩の藩費で長崎《ながさき》に留学して、阿蘭陀《オランダ》医学とやらをかじった。

和蘭陀医学はあまり身につかなかったが、長崎の丸山《まるやま》遊郭に入り浸り、阿蘭陀医学よりも女郎の肌身に溺《おぼ》れた。

しかし、そんななか、養父の夕斎が磐根藩の内紛に巻き込まれ、凶刃《きょうじん》に斃《たお》れたという知らせが届いたのである。

平蔵は急遽《きゅうきょ》、長崎からもどり、義父の仇討《かたきう》ちを果たした。

磐根藩からは夕斎の跡を継いで藩医にとどまるよう求められた。

平蔵は藩士を相手にした、さようしからばの窮屈な藩医はまっぴらごめんと断って江戸にもどり、やむなく生家の居候《いそうろう》になったが、いつまでも兄の家で厄介になっているわけにはいかない。

なんとか自立しようと決心して生家を出た平蔵は、神田新石町《しんこくちょう》の裏長屋に居をかまえ、町医者の看板を掲げたのである。

しかし、江戸には町医者など掃いて捨てるほどいるため、患者は日に一人か二人がやっとというところだった。

しかも、その日暮らしの者が大半だったため、ツケにされることが多い。日頃、平蔵の巾着の中身は一分銀どころか、小銭ばかりのときがほとんどである。

四

その日は午後からも七人もの患者がやってきて、診察料、薬代もめずらしくツケではなく、七人とも現金で綺麗に払って帰っていった。

神谷平蔵は診察用の筒袖《つつそで》姿のまま、縁側で団扇《うちわ》を使っていた。

団扇には夏らしく朝顔の絵が彩色の筆で描かれていた。

この団扇は［おかめ湯］が常連客にくばるためにつくらせたものだ。

［おかめ湯］は浅草の田原町で四代もつづいて繁盛している老舗《しにせ》の湯屋である。

田原町は浅草寺や東本願寺などの古刹《こさつ》が軒を連ねる寺町に隣接した庶民の街である。

女将《おかみ》の由紀は亭主と死に別れたあと、女手ひとつで［おかめ湯］を仕切っている気丈《きじょう》な女だが、痛風《つうふう》の治療で平蔵の診療所に通ってくるうち、ふとしたことから平蔵とわりない仲になった。

由紀は二十なかば過ぎの女盛りで、二日か、三日に一度は平蔵と朝まで臥所《ふしど》をともにするようになっていた。

とはいっても、明け六つ（午前六時）の鐘が鳴る前にはきちんと身仕舞いをする。

平蔵が目を覚まさぬよう気づかいをしながら朝飯の支度をととのえ、ひっそりと帰っていくような女だった。

由紀の父親は西国高槻《たかつき》藩に仕えていた侍だったが、藩内抗争に巻き込まれて浪人し、江戸に出てきたと聞いている。

極貧のなかで母が病死し、父が働きに出ているあいだ、由紀は幼いながらも家事万端をこなしていたという。

化粧ひとつせず、まめまめしく家事をこなしていたが、十五、六になると由紀はめきめきと女らしくなってきて、長屋の江戸小町と評判の娘になった。

十九歳のとき、［おかめ湯］の若主人に見そめられ嫁《とつ》いだものの、夫は一年後、風邪をこじらせて呆気《あっけ》なく亡くなってしまった。

以来、由紀は女手ひとつで［おかめ湯］を切り盛りするようになった。

由紀は、平蔵が望むなら妻になってもいいとまでいった。

子供のころからの親友である矢部伝八郎や嫂《あによめ》の幾乃《いくの》などは、早いところ、ちゃんと杯事《さかずきごと》をして、夫婦《めおと》の固めをしろとせっつくが、平蔵には町医者という仕事があるし、由紀には［おかめ湯］の女将という立場がある。

それに平蔵は剣士として、これまで何人もの人を斬り斃《たお》してきており、いつ、修羅場《しゅらば》に巻き込まれるかわからない宿命を背負っている。

――いつ野面《のづら》の果てに屍《かばね》をさらすかわからぬ男が、妻などもてるか……。

そう思っているし、由紀もまた、そういう平蔵の思いがわかっているらしく
……世の常のしきたりなど少しも気になさることはございませぬ……そう言って、通い妻のように朝早く起き出して［おかめ湯］に帰っていく日々をつづけている。

最近は伯母の松江《まつえ》と同居していて、番台をまかせられるようになった。

さっき帰っていった由紀が打ち水したばかりで、庭木の若葉が夕陽を受けてみずみずしく輝いて見える。

第五章　女衒《ぜげん》まがい

一

平蔵の住まう浅草には、十万人を超える人びとがひしめきあって暮らしている。

鏡磨き、算盤《そろばん》直し、看板書き、錠前直し、雪駄《せった》直し、石臼《いしうす》の目立て屋などは、江戸のどこにでもある商売だが、浅草には川舟船頭をはじめ、割れた茶碗や丼《どんぶり》、灰皿の焼き接《つ》ぎ屋、古紙買い、古傘買い、灰買いなどという商いで暮らしている者もいる。

また、厠《かわや》の糞尿《ふんにょう》は、汚穢《おわい》屋がときどき汲《く》み取りにきて、近郊の百姓が田畑に撒《ま》く肥やしに使うから、およそ世の中には捨てるものなど何ひとつないような気がしてくる。

平蔵の住まいから通りをへだてた向かいにある「蛇骨《じゃこつ》長屋」は家賃が安いため、

その日暮らしの職人や担ぎの小商人《こあきんど》、なかには夜鷹《よたか》などという最下級の売春婦もいた。

夜鷹に身を落とす女は四十を過ぎたものが多く、厚化粧で年を隠し、大川の土手や橋の下で百文、二百文の銭で莫蓙《ござ》の上に寝ころんで肌身を売った。

客を連れてくるのは、ヒモとよばれる寄生虫のような男がほとんどだった。

江戸の町家には鍵などないから、女が独り寝をしていると夜這いをかけられる。夜這いが縁で夫婦になる男女もいれば、それがもとで大喧嘩《おおげんか》になることもめずらしくない。

夫婦喧嘩のほうは日常茶飯事で、なかには出刃包丁《でばぼうちょう》や鎌《かま》を持ち出し、こんちきしょう、ぶっ殺してやるの、さぁ、殺せるもんなら殺してみやがれとわめきあう。町役人も手のだしようがなく、やむをえず平蔵が止め男を引きうける羽目になる。

いわば、［蛇骨長屋］は江戸市民の底辺が住み暮らす長屋だった。

むろん、滅多に医者にかかることもなく、越中富山《えっちゅうとやま》の売薬を頼りに、あとは運を天にまかせて煎餅《せんべい》布団にくるまり、死神が逃げていくことを祈りつつ、生きているような人びとが多い。

平蔵は暇を見ては通りを越えて蛇骨長屋に足を運び、診察、投薬をしてまわる。住人の大半は治療費や薬代もツケにするような、貧乏人ばかりだ。

しかし、平蔵は銭のあるなしで匙加減《さじかげん》をするようなことはしないから、懐中は一向にうるおうことはない。

ことさらに医は仁術と気取っているわけではないが、患者の懐《ふところ》具合で治療費を按配するようなことはしたくないだけのことである。

はじめは医者の押し売りか、と勘違いする者もいたが、平蔵の診察、治療、投薬のおかげで元気になり、また稼ぎに出られるようになる患者も出てくる。

しかも、治療費も薬代も、あるとき払いの催促なしとあって、いまや蛇骨長屋の住人にとって、神谷平蔵はなくてはならない存在になっている。

――その日。

平蔵は昼過ぎから患者の足が途絶え、暇ができたので、蛇骨長屋に向かった。

広小路の飲み屋で酌取《しやくと》り女をしている、おていという女が、腹くだしで寝込んでいると聞いたからである。

まだ三十路《みそじ》には二つ三つ間がある年増《としま》だが、気性の明るい女だった。

長屋の戸障子をあけると、おていはおどろいたように布団のなかから躰を起こしかけた。

「いいから、そのまま静かに寝ているがいい。腹くだしだそうだな」

「は、はい……なんだか、昨日の夜からピイピイになっちゃって、厠に通いっぱなしなんです。ああ～っ、またきちゃった！」

おていは寝床から這い出すと、裸足のままで長屋の惣後架《そうこうか》に駆けだしていった。

枕元に御虎子《おまる》がおいてあったが、さすがに平蔵の前で御虎子に跨《また》がって用を足すのは気がさしたのだろう。

御虎子の蓋《ふた》をはずして中を見ると、粥《かゆ》状の軟便のなかに真桑瓜《まくわうり》の種が、黄色い胡麻《ごま》をまいたようにまじっていた。

おていは西瓜《すいか》や真桑瓜、胡瓜《きゅうり》など瓜《うり》に目がない女である。

——あのバカ……。

おそらく夜中、店で客から酒を飲まされ、酔っ払って帰ってくるなり、昼間、百姓から買いこんであった初物の真桑瓜にかじりついたにちがいない。

台所の流しに真桑瓜の皮が山盛りになっている。どうやら、酔い覚ましに真桑瓜の暴れ食いをしたらしい。

おていは下総の生まれで、行商人の女房だったが、六年前、亭主に死に別れてから酌婦になったらしい。

陽気で、なかなかの器量よしだが、男運が悪く、さんざん貢《みつ》がされた挙《あ》げ句《く》に逃げられてしまう。

何度か店に呑みにいったが、客に尻を撫《な》でられても笑って、軽くいなしている。

それでいて、簞笥《たんす》のうえに安物の夫婦雛《めおとびな》をいくつも飾ってあるのもいじらしい。

二

間もなく、おていが寝間着の裾《すそ》をおろしながら厠からもどってきた。

足もたよりなく、ふらついている。

「ああ〜ン、もう、いやんなっちゃう……」

上がり框《かまち》に腹ばいになって溜息をついた。

「せんせい、なんとかしてくださいよう。このまんまだと腹くだしで死んじまいそうですよう……」

四つん這いのまま部屋に這いあがると、消え入りそうな弱々しい声で訴えた。

「あたりまえだ。あれを見てみろ。流しに真桑瓜の皮がてんこ盛りになっているぞ。昨日、夜中に帰ってから真桑瓜を暴れ食いしただろう。瓜のたぐいはすべて腹を冷やすから、寝る前には食っちゃいかんといっておいたのを忘れたのか」

「あら、でも、真桑瓜を酔い覚ましに食べるとおいしいんだもの。それに十個で二十文に負けてくれたんですよ」

「バカ。いくら安いからといっても西瓜や真桑瓜は夏の食い物だから、食えば口あたりはいいだろうが、腹にはよくない。そもそも真っ昼間の暑い盛りに食うものだぞ」

平蔵は流しのほうに目をしゃくった。

「え、ええ……昼前から井戸水につけて冷やしておいたんですよ」

「そいつを夜中に帰ってきてかぶりついたんだな」

「だって、店でお客さんの相手してたら、酔っ払っちゃって、冷やっこいのを見たら我慢できなくなっちゃったんだもの」

「ちっ、いくら酔い醒めに口あたりがいいからといっても、夜中に十個も冷えた真桑瓜を食えば腹のなかがでんぐりがえるわ」

「でも、おかげで汗がひいて、ゆんべはぐっすり眠れましたよ。それが明け方から急に腹がごろごろしてきて……」

「ともかく、いいから、そいつをみんな尻から出してしまえ。あとでゲンノショウコを持ってきてやるから、鍋で煮出して、せっせと飲め。まずは腹をからっぽにすることだ」

おていは寝間着の裾をまくって腹ばいになり、枕をかかえて俯《うつぶ》せになっている。その、むちりとした白い尻をぴしゃりとひっぱたいて、睨《にら》みつけた。

「いいか、今日と明日いっぱい、腹を干乾しにして出すものはみんな出してしまえ。重湯《おもゆ》も、粥もいっさい口にするな」

「そいじゃ飢え死にしちゃいますよう」

おていが口をとんがらせた。

「なぁに、おまえの若さなら、二日や三日なにも食わなくても飢え死になんぞしやせん」

「ふふ、飢え死にしたら、せんせいの枕元に化けて出てやるから……」

「馬鹿をいえ。こんな肉づきのいい幽霊がいたら、お目にかかりたいものだ。それよりも、おまえは早いところ、甲斐性《かいしょう》のある亭主を見つけて女房になるんだな」

「そんなぁ……あたし、もう二十七ですよ。頼りがいのありそうな男は、あたしなんか口説《くど》こうともしませんよう」

「なにをいうか。江戸は独り者の男がわんさとあまってるんだぞ。おまえほどの器量なら、亭主のなり手はいくらでもいるだろう」

「ねぇ、せんせい……」

おていは白い二の腕をのばして平蔵の手首をつかむと、ぐいと身を乗り出してきた。

「いっそのこと、せんせいの囲い者にしてくださいよ。奥さんじゃなくてもいいからさぁ……ねぇ、いいでしょう」

「バカいえ。おれにそんな甲斐性があるわけがなかろうが」

「あら、だったら、あたしが稼いできてあげてもいいわよ」

おていは平蔵の掌《てのひら》をむちりとした乳房におしつけてきた。

「あたし、前からせんせいに岡惚《おかぼ》れしてるんですよう。だから、いっぺんぐらい抱いてくれたっていいじゃない」

おていは平蔵の手にしがみつくと、頬をすり寄せ、布団からせりあがってきた。

「ねぇ、せんせい。ちょっとでいいから、あたしのおなか、さすってくれない」

「ばかやろう。いいから、さっさと薬湯飲んで二、三日寝ていろ。薬はあとで届けてやる」

ぐいと、おていの腕をもぎはなし、夜着をかけてやって、土間におりた。

三

おていの長屋を出ると、紙屑買《かみくず》いの三太《さんた》が泣きついてきた。

「せんせい、うちの女房が足首を挫《くじ》いちまって台所にも立てやしません。なんとか治してやってくだせぇまし」

「わかった、わかった。それで、足首は腫《は》れているのか」

「はい。ぱんぱんに腫れておりやす」

三太の女房のおはなは背丈も五尺五寸（約百六十七センチ）近くあり、女相撲《おんなずもう》の力士のように肥えていて、足首も並の女の倍ぐらいある。

太腿などは丸太みたいで、おまけに汗っかきなため、真夏になると股ずれしたといっては毎年泣きついてくる。

逆に亭主の三太のほうは五尺（約百五十二センチ）にも足りない背丈で、毎日、籠《かご》をしょって紙屑買いに出歩くせいか、贅肉《ぜいにく》ひとつない小男だった。

俗にいう蚤《のみ》の夫婦というやつである。

三太はちょこまかと先に立って長屋に飛び込んで、

「おっかあ、せんせいが来てくれたから、もうでぇじょうぶだぞ」

と、やさしげに声をかけた。

平蔵が入ってゆくと、煎餅布団のうえに左足を投げ出して寝ころんでいたおはなが、肥えた躰をゆすって、

「すいませんねぇ、せんせい」

ぺこぺことバッタのように頭をさげた。

三太の倍はたっぷりありそうな豊満な躰だが、鈴虫《すずむし》みたいに可愛い声である。

なるほど投げ出した左の足首は、平蔵の足首の倍はありそうなほど腫れていた。

「三太。こいつは、まず、冷やして腫れをひかすことだ。桶《おけ》をもっていって、おれの家の裏庭から井戸水を汲んでこい」

「へ、へいっ！」

「おまえさん、すまないねぇ……」

おはなが敷き布団の下から巾着《きんちゃく》をひきずりだして、三太のほうにおしやった。

「いいから、いいから、おめぇはゆっくり寝てりゃいいからよ」

三太が桶を手にふっとんでいった。

「なんだって、また、足を挫いたりしたんだ。石にでもつまずいたか」

「は、はい……そ、それが……」

おはなが大きな躰をくねらせて恥ずかしそうに顔を両手で覆《おお》った。

「うちのひとが……その、あのう、ゆうべ、ああしろ、こうしろって……」

「うむ？……」

「そのうち、あたしも……つい、その、夢中になっちまって……」

おはなは真っ赤になって手で顔を隠した。

「ほほう……」

平蔵、思わず苦笑した。

「いやだ、あたし、変なこといっちゃって、恥ずかしい……」

おはなは小娘のように身をよじると、首筋まで赤くなった。

「聞いたか、おい。三公のやつ、えっさえっさしながら、ああしろ、こうしろだのと注文つけたんだとよう」

戸口にたかっていた野次馬が顔を見合わせて、いっせいに吹き出した。

「へへへっ、いいのいいのを尻で書く大年増ってやつだな」

「ふふふ、さしずめ、尻で書くのの字そこいらが白うるしになるんじゃねぇか」

「あのからだじゃ、ふたりで相撲をとってるさいちゅうに床がぬけちまわぁ」

「おりゃ、また、取っ組み合いの大喧嘩かと思ったぜ」

平蔵、振り向いて一喝《いっかつ》した。

「黙れっ！　バカもんがっ！　三太とおはなほど仲のよい夫婦は滅多におらん。おまえたちも、すこしは見習えっ！」

「へ、へい……」

四

寺町は閑静とはいうものの、浅草寺の境内《けいだい》は広くて草むらが多いし、池もあるからボウフラが湧いて、蝶《ちょう》やトンボの繁殖にはもってこいの場所である。

夏ともなると草むらや用水路から湧いたボウフラが成虫になり蚊柱《かばしら》が立つ。

昼寝するにも、蚊帳《かや》を吊らないとおちおち寝ていられない日がときにある。

その日、患者が途絶えた平蔵は欠け茶碗に蚊いぶしを入れて焚《た》きながら、いつものように縁側でゴロ寝していた。

蚊いぶしの煙は風の吹きようで、平蔵のほうにたなびいてくる。

うんざりして蚊帳のなかにもどろうかと思案していたとき、土間を抜けて北町奉行所の定町廻り同心の斧田晋吾が、貧乏徳利をぶらさげてやってきた。

「よう、相変わらず暇そうだな……」

「ほう、こないだの軍鶏《しゃも》といい、どういう風の吹きまわしだ。さては、なにか厄介事をかかえこんだな」

「ううむ……ちょいと、手におえそうもねぇヤマになっちまってな」

斧田は縁側に腰をおろしながら、口をへの字にひんまげて舌打ちした。

「花川戸の湊屋に漣権兵衛の一味が押し入ったてぇのは言ったろう」

「ああ、まだ下手人《げしゅにん》は捕まらんのか」

平蔵は顎《あご》をしゃくって、斧田を部屋にうながした。

「ま、あがらんか……」

「う、うむ……」

雪駄を脱いであがってきたものの、いつになく斧田の表情が険《けわ》しい。

「しかし、湊屋ほどの大店《おおだな》なら、千両箱の二つや三つふんだくられても屁《へ》の河童《かっぱ》だろうが」

「ま、金はともかくとして、漣一味は湊屋の千代ってぇ娘と、おみさってぇ若い女中まで攫《さら》っていきやがったからな……」

「うむ……。おみさは、なんでも下総の百姓の娘だったそうだが、なかなか賢い娘だぞ」

「ああ、店の女中仲間に聞いたところによると、おみさは給金をせっせとためて小間物屋の小店でもだすのが夢だったらしいな」

斧田はそれが癖の十手《じって》でポンポンと肩をたたきながら、渋い目になった。

「下総の田舎にいりゃ、いまごろは百姓の嫁にいって、何人もややこを産んで幸せに暮らしてたろうによ」

「しかし、漣一味も湊屋の娘を攫っていったのは身の代金をふんだくるという手もあるだろうが、女中のおみさを攫っても一文にもならんだろう」

「なぁに、そうでもないさ……」

斧田は茶碗に徳利の酒をついで、一気に飲みほした。

「なんでも漣権兵衛一味は女を攫っては売り飛ばすという女衒《ぜげん》まがいのようなこともしているというから、遠国《おんごく》の女郎屋にでも売られたら、われらの手にはおえなくなるのよ」

斧田は太い溜息をついた。

「どうやら、漣一味が狙うのは金蔵ももちろんだが、どれだけ店に上玉の女がいるかで押し込む店をきめるらしい」

「ふむ。金だけが目当てじゃないのか」

平蔵は眉をひそめた。

「しかし、どうせ押し込むなら、ハナから千両箱を二つ三つかついでいったほうが手っ取り早いだろう」

「いや、ところが千両箱はてめぇたちでかついで運ばなきゃならんが、その点、女は尻をたたけば自分の足で歩くから楽だということらしい。つまりは歩く千両箱よ」

「ははぁ……いわれてみりゃ、逃げるときも空手のほうが逃げやすいか」

「ま、そういうこともあるだろうよ」

そこへ［おかめ湯］の由紀が湯屋の番台を伯母の松江にまかせてもどってきた。

五

時の鐘が暮れ六つ（午後六時）を叩くのが聞こえてくる。

由紀が手早く用意してくれた蛸《たこ》の酢の物と、冷や奴で酒を酌《く》み交わしながら、斧田は声をひそめてささやいた。

「つまりな。千両箱はどこにもっていっても千両だが、とびきり上玉のおなごとなると、セリにかければ千や二千の高値がつくこともあるらしいからな」

「ほう。大名の奥方や姫君というのならともかく、たかが町家のおなごひとりに、千両だの、二千両だのという途方もない大金をだすやつがいるのかね」

「いるともよ。ま、千両は大袈裟《おおげさ》だが、だいたい小判なんてぇものは欲しいものを手にいれるために使うだけの代物《しろもの》だろうが」

「まぁ、な……」

平蔵は気のない返事をした。

だいたいが、小判などとはまるきり縁のない貧乏医者の身である。

「しかも、この一両小判を鋳《い》つぶして金《きん》だけにしても、一両の価値はないらしい。

だがな、おなごは欲しい男にとっちゃ、命にかえても欲しいだけの価値がある。しかも、運ばなくても、ちょいと脅せばみずからの足で歩く。だからこそ、漣一味は千両箱だけでなく、上玉のおなごを狙うのよ。な……」

斧田が煙管《キセル》の火皿に莨《タバコ》をつめながら、どうだと言わんばかりにうそぶいた。

「つまり、漣一味は盗賊だが、女衒とおなじく、おなごの売買もするということさ」

斧田は煙管の火皿につめた莨を蚊いぶしの火で吸いつけた。

「な、生きとし生けるものごとにレコは好きってぇ、バレ句があるだろう」

斧田は涼しい顔でぷかりと煙を鼻から吹き出して、にやりとした。

「なんなんだ、その、レコとかいうのは……」

「ちっ、レコってのは、これよ、これ」

斧田は小指を立てて、ちょこちょこと動かしてみせた。

「ははぁ、おなごのことか……」

「そうよ。バレ句ってのは俳句のなかでも、艶《つや》っぽいネタを扱うものよ。町人たちのあいだでも盛んに詠《よ》まれているぞ」

「ふうむ。おれは俳句などという風流なものには縁がないからな」

平蔵は首をかしげた。

「芭蕉《ばしょう》とかいう名の俳句詠みの男のことは、手習い塾で師匠から聞いたことがあるが、古池に蛙《かえる》が飛び込んで、どうとか、こうとかいう、あれだろう……」

台所で葱《ねぎ》をきざんでいた由紀が、くすっと笑うのが聞こえた。

「ま、ま、あんたと風流を論じても始まらん。ともかく、レコってのは男と女がおねんねすることよ。これよ、これ……」

斧田が拳骨《げんこつ》のあいだから親指の先をつんだして、片目をつむった。

「な、こっちのほうは将軍家だろうが、しもじもだろうが変わりゃしねぇだろう」

「バレ句がなんたるかぐらいは、おれだって知っているぞ」

「だろう。バレ句ってなぁ、ちょいと乙《おつ》なもんだぞ。ズバリといっちまっちゃ、味も素《そ》っ気もねぇところを、さらりと洒落《しゃれ》ていっちまうところがいいのさ」

斧田は莨の煙をぷかりとふかしながら、にんまりとした。

「生きとし生けるものごとにレコは好き、ってな。うめぇことというじゃねぇか」

「さて、そんなにうまいかね」

「そうよ。いくら千両箱をわんさとためこもうが、あくせくして出世しようが、年にゃ勝てやしねぇだろう。なにせ、どんな好き者でも、年をとりゃ、肝心の竿《さお》が役にたたなくなるからな」

「まぁ、な……」

「そうしてみると、あんたの剣術のお師匠だった佐治一竿斎先生はてぇしたもんよ」

小鉢から蛸の酢の物を指でつまんで、口にほうりこんだ。

「なにせ、なんと親子ほど年の違う女房をもらったかと思うと、門弟が数多《あまた》ひしめきあっている大道場を、惜しげもなくポイと弟子に譲っちまった挙《あ》げ句《く》に、碑文谷《ひもんや》なんてぇ田舎にすっこんじまったんだから驚き、桃の木、山椒《さんしょ》の木だろうが……」

佐治一竿斎は江戸五剣士のひとりに数えられる鐘捲流の達人で、門弟も綺羅星《きらぼし》のごとくおり、大名や旗本の屋敷に出向いて出張稽古《げいこ》もつけていたが、五十四歳になって初めて、お福《ふく》という妻を迎えた。

お福さまは幕府の書院番を務める石川重兵衛《いしかわじゅうべえ》の娘で、温和な気性だったが、五尺六寸（約百七十センチ）という大柄な体格のため嫁《い》き遅れていたところ、佐治一竿斎は見合いするなり、一目で気にいって娶《めと》ることにした。

しかも、お福さまは佐治一竿斎より三十も年下の新妻だった。

お福は豊満なうえ、背丈も小柄な一竿斎を上回る大女である。

にもかかわらず、一竿斎は剣術の稽古もそっちのけで、日夜、道場のそばにある私室で、お福と房事に励むようになった。

門弟たちは呆《あき》れもしたが、それよりも老年に入った師の躰を案じた。

「もしや、お命をちぢめることになりはしないか」

と、心配する門弟たちに一竿斎は、

「なにをいうか。男の壮年は五十過ぎからだ」

と、こともなげに一笑した。

門弟たちの杞憂《きゆう》もどこ吹く風で、お福を迎えてからの一竿斎は顔の色艶《いろつや》もよくなり、稽古をつけるときも手を抜くということは微塵《みじん》もなかった。

そして、お福を妻に迎えて六年目、

「もはや、剣をふりまわす年でもあるまい」

と言いだした一竿斎は、道場を高弟の宮内耕作《みやうちこうさく》にゆずり渡して引退し、目黒《めぐろ》の先の碑文谷に新居を構えて移り住んだのである。

「なにしろ、剣術の名人が竹刀《しない》をふりまわしているより、若い女房とえっさえっさするほうが楽しくなったってんだから、まったく、てぇしたおひとよ」

「おい、なんなんだ、そのえっさえっさというのは……八丁堀も下品《げひん》になったもんだな」

「ちっ！　なにが品だ。男と女が抱きあって、えっさえっさするのに品もへったくれもなかろうが……」

台所で由紀が思わず忍び笑いした。

六

斧田は声をひそめて、にやっとした。

「けどよ、あんただって、佐治先生と、どっこいどっこいじゃねぇか……」

「ばかいえ。おれと先生じゃ天地の差だ」

「ちっ、とぼけちゃいけねぇや。剣術じゃなくて、こっちのほうよ」

斧田はちっちっと舌打ちして、

「な、あんただって江戸小町といわれた［おかめ湯］の女将《おかみ》としんねこの仲になって、落ち着いたかと思うと、バッサバッサと人斬《ひとき》り包丁ふりまわし、おんなじ手で診察にきた女の乳や腹を撫でまわしているじゃねぇか」

「おい、撫でまわしているとはなんだ。あれは触診といってだな……」

「ふふふ、そんなこたぁわかってるさ。けどよ、しわくちゃのバァサンならともかく、若い娘や、色年増に帯紐《おびひも》を解かせたうえ、乳や腹を堂々と撫でまわしたりできるのは医者ぐらいのもんだぞ」

「こいつ！　いい加減にしろっ」

「まぁ、そうカリカリすんなって……」

斧田は徳利の酒を茶碗につぎたして、うまそうにぐびりぐびりと飲みほした。

「ええ、おい。穴を出て穴にはいるまで穴の世話……なぁんてな。バレ句ってなぁうめぇことをいいやがる」

ういっとげっぷをひとつして、ウンとひとつおおきくうなずいた。

「人間わずか五寸ほど入れたがりってな。吉原をみてみろい。どんなに不景気でも、毎晩、小判の雨が降ってるじゃねぇか」

「ちっ！　こっちは逆さにふっても、小判どころか出るのは溜息ばかりだ」

「ふふ、なにが溜息ばかりなもんか。あんたのところじゃ、毎晩、行灯《あんどん》を震える息でやっと消しの口だろう……」

「ちっ、それもバレ句ってやつか」

「おお、そうよ。あれさこれ言ううち声が低くなりってな」

ニタリとして腰をあげると、斧田は酢の物の蛸を一切れ、ぽいと口にいれ、雪駄をチャラチャラつっかけて、十手で肩をたたきながら帰っていった。

どうやら、斧田はバレ句という代物に、首までどっぷり浸かっているらしい。

「いったい、なにしにきたんだ」

平蔵は呆れ顔で苦笑した。

第六章　餓《が》狼《ろう》

一

権兵衛は湊屋に押し入る前、向かいの宿屋の二階にしばらく逗留《とうりゆう》していた。漣一味は湊屋の金蔵にもっとも小判が多く集まる日時や、住み込みの奉公人の数を探っていたのである。

かつて、権兵衛は阿波の小藩で四十五石の扶持《ふち》を得て小普請組《こぶしんぐみ》の藩士として仕えていた。

権兵衛は幼いころから柳剛流《りゆうごうりゆう》の道場で剣術を習うかたわら、楠木流《くすのきりゆう》の軍学も学んだ。

合戦に向かうための準備や、渡河の方法、夜襲の成否はどこにあるかなどを習うのが楽しみだった。

剣術は二十二歳のとき免許を許されたが、藩では算盤侍《そろばんざむらい》や追従者《ついしょうもの》が優遇され、権兵衛のような無骨《ぶこつ》一辺倒の侍は軽視された。

権兵衛は生来、好色なうえに強精で、城下にある紅灯《こうとう》の巷《ちまた》に足繁《あししげ》く通っていたが、三つ年上の漁師の寡婦《かふ》と懇《ねんご》ろになった。

その寡婦は浅黒い肌をしていたが、朝まで権兵衛を眠らせずに責め立てた。

やがて、そのことを上司になじられて腹を立てた権兵衛は、上司の城下がりを待ち受けて斬《き》り捨て、脱藩したのである。

四十五石の扶持には何の未練もなかった。

しかし、脱藩浪人に落ち着く場所はどこにもなかった。

食いつめ者の浪人が落ち行く先は、刀にものを言わせて、押し込みの斬りとり強盗をはたらくしかなかったのである。

権兵衛は柳剛流の腕を頼りに各地で商家に押し込み、金を奪った。

捕り方に取り囲まれることもあったが、権兵衛の剣に立ち向かえるような剣士は一人としていなかった。

どこの藩でも、この天下泰平の世は武士を軟弱にしていた。

日頃、竹刀稽古《しないげいこ》しかしていない藩士など、権兵衛にとっては屁《へ》っぴり腰の有象《うぞう》無象《むぞう》でしかなかったのである。

場数を踏めば踏むほど、権兵衛の柳剛流の剣は冴《さ》えを増していった。

柳剛流は敵の臑《すね》を狙うことに眼目をおいた流派だが、創始者の岡田惣右衛門《おかだそうえもん》は心形刀流《しんぎようとうりゆう》をもとに、居合、杖術《じようじゆつ》、柔術、捕縄術《ほじようじゆつ》、薙刀《なぎなた》なども網羅《もうら》した三和無敵流《みわむてきりゆう》から会得《えとく》した技法をくわえて柳剛流を開いた。

惣右衛門は江戸の神田お玉《たま》が池《いけ》に道場を開き、稽古は臑当てをつけて行った。

この実戦志向に徹底した柳剛流は異形《いぎよう》の流派として、どこの道場も対策に腐心したという。

異形の剣をものにした権兵衛は各地の山中を転々とし、足腰を鍛えて、餓《う》えた狼《おおかみ》のように野山の鳥獣を食らっては、手当たり次第に女を犯し、金持ちの蔵を襲っては金品を強奪したのである。

地方の代官所の役人では到底、手におえるものではなかった。

そのうち権兵衛の腕に惚《ほ》れこんで、手下になる者が次第にふえていった。

堺《さかい》や大坂の商家を狙って大金をつかんだ権兵衛は、一味をひきいる盗賊の頭《かしら》になった。

また、権兵衛は押し入る前に手間暇をかけ、作戦を練ることを惜しまなかった。

金蔵の鍵がどこにあるか、また金を奪ったあとの逃走経路、船や馬の用意、塒《ねぐら》をどこにするか、それらの準備万端がととのってから決行の日時をきめることにしていた。

また、権兵衛は狙った商家の妻や娘を攫《さら》ってくると、女衒《ぜげん》に売り飛ばした。ただ、そのために手間取って、ドジを踏むようなことだけはしなかった。手下にも、そのことだけは徹底させてきた。

湊屋から攫ってきた千代とおみさのうち千代に手をつけなかったのは、千代が生娘《きむすめ》だとわかっていたからである。

男のなかには雛人形《ひなにんぎょう》のような生娘を好む者もいるが、生娘というのは抱いてもまさに人形のようでおもしろくない。

だが、売るときは生娘というだけで、格段の高値がつく。

いっぽうのおみさは見るからに田舎者の土臭い娘だということはわかっていたが、器量もいいし、男ずれしていた。

まだ湊屋にいたころ、買い物に出かけても、男に好色な目で見られているのを楽しんでいるのがわかった。

また、なんといっても、おみさは尻つきのいい女だった。

尻つきがいいというのは太腿から尻のふくらみが、ぐいと後ろにせりだし、ふくらんでいる形のよさである。

おみさは小股がきりっと切れあがり、歩く時も、背筋をすっとのばし、足の爪先をすっすっと前に運んでゆく。

ただ肉づきがよく、尻がでかいだけの女は反応も鈍く、抱いても味気ない。

権兵衛は攫ってきた二人を、ずっと土蔵に閉じ込めていた。

千代は小顔で品がよく、見るからにお嬢様という娘だった。

千代はいつまでたっても、めそめそと泣きじゃくって、飯もろくに口にしなかった。

しかし、おみさのほうは出された握り飯は残さず綺麗に食べるし、御虎子《おまる》に跨《また》がって小便も大便もきちんとひり出す。

暇さえあれば俵《たわら》によりかかって、昼間でも眠っているという。

——ありゃ、見た目よりも、なかなか肝《きも》の太いおなごですぜ……。

そう手下から聞いた権兵衛は、自分の目に狂いはなかったことを確信した。

——あの女、気にいった。

拐《かどわ》かした娘は、すべて女衒にたたき売ってきた権兵衛だったが、おみさはしばらく手元に置いておくことにした。土蔵に閉じ込めておき、観念したようなら、江戸市中にある隠れ家のどこかに囲う。そういう腹づもりだった。

おみさは、盗賊の情婦にされようとしていた。

二

権兵衛はおみさに行水をつかわせ、ふたたび寝間に呼んでみた。

おみさはしばらく陽にあたっていないせいもあるが、肌身には艶《つや》があり、監禁されていても、やつれたようすはなかった。

乳房や腹、尻にもたるみはなく、むちりとした張りがある。

権兵衛はおみさの手首をつかんで抱き寄せると、あぐらのなかに抱えこんだ。

おみさは一瞬、びくっと怯《おび》えて身をすくめたが、すぐに観念したように、ぐたりとなって身をあずけてきた。

襟《えり》ぐりから手をさしいれ、乳房を掌《てのひら》のなかに捉えた。

ぎゅっと閉じた瞼《まぶた》がかすかに震えている。

権兵衛がおみさの口を吸いつけつつ、乳房をなぶっているうちに乳首が粒立《つぶだ》ってきた。

乳房を揉《も》みながら、舌を吸いつけると、腕をからめて縋《すが》りついてくる。

片手をのばし、腰巻の裾《すそ》をひらいて、なめらかな内腿を愛撫すると、おみさの息づかいが変わってきた。

秘所はすでにたっぷりと露《つゆ》でうるおっている。

——この女……やはり、好き者らしい。

権兵衛の女の見立ては狂ったことがない。

秘所に指をもぐりこませると、おみさはおずおずと股をひらいて、腕を首にからめつけてきた。

——こいつ、根っからの好き者だ……。

女は好色なほど、抱くにはおもしろい。

髭面《ひげづら》の男は精も強いというが、たしかに権兵衛の精力はおどろくほど絶倫で、この夜、おみさを抱くのは四度目だった。

おみさは権兵衛のもとめにこたえ、ひるむことなく何度となく声をあげた。

おみさは千代のことを気にかけるようすは微塵《みじん》もなかった。

千代は湊屋の一人娘だったが、おみさのほうは何人もいた女中の一人に過ぎない。

しかも、おみさが湊屋に女中として奉公するようになったころ、千代は大店《おおだな》の娘として毎日、綺麗に着飾って、お茶や生け花の師匠のところに通っていたにちがいない。

店の廊下で出会っても、親しく口をきくことはなかったはずだ。

どこの大店でも、お嬢様と女中というのは身分に天地の差がある。

しかも、おみさが湊屋に奉公するようになったのは一年ほど前で、おみさが若旦那にも何度か抱かれたことがあるのはわかっていた。

三

夜空には雲ひとつなく、三日月がさやかに夜空を照らしているのが天窓から見える。

おみさは祭り太鼓《だいこ》で賑《にぎ》わう盆踊りの夜、清吉と川端の土手で逢い引きし、口を吸われたときのことを思い出した。

――清吉さん……。

ふっと、おみさの胸が鋭く疼《うず》いた。

——おれ、いつか、かならず、おみさちゃんを嫁さんにするから、おれが迎えにいくまで待っていてくれよな……。

そういって、清吉は十五歳のおみさの初穂を摘《つ》んだのである。

清吉の愛撫はあくまでもやさしく、稚拙《ちせつ》だったものの、貫かれたときは股間が裂けるような疼痛《とうつう》に思わず声をあげた。

だが、逢瀬《おうせ》を重ねるごとに痛みは薄らぎ、いつの間にか全身がとけていくような心地よさに変わっていった。

いっぽう、湊屋の若旦那の幸太郎は遊び人といわれるだけあって、愛撫も巧みで、おみさは思わず歓びの声をあげそうになった。

ただ、もし身ごもったらどうしようという不安のほうが先立った。

それが心配になって、お産と子堕《こお》ろしが上手《じょうず》だという産婆《さんば》に診《み》てもらったが、その産婆は「気の毒だけど、あんたは身ごもりにくい躰だね」と告げた。

そのとき、おみさの脳裏をよぎったのは失望ではなく、むしろ安堵《あんど》だった。

——そのかわり、あんたのここは巾着《きんちゃく》といって、締まりがよいから、どんな男でも夢中にさせるよ……。

その産婆は片目をつむって、にんまりした。

――男なんて、どいつもこいつも、突っぱらかったちんちんをおなごの股ぐらに突っ込んで、えっさえっさとしごいてりゃ、おなごもいい気持ちになると思いこんでるんだから青臭い餓鬼《がき》さね……。

その産婆は五十過ぎの女だったが、妾《めかけ》のとりもちもしているという噂《うわさ》だった。

――いいかい、あんたのここはお宝なんだから大事に使うんだね。なんなら、あたしが世話してやってもいいよ。

産婆はおみさの尻をぴしゃりとたたいて、うなずいた。

――若いうちに、ここで稼いで、しっかり銭をためるんだね。ただ、お面《めん》がいいだけで、甲斐性《かいしょう》のない男は相手にせず、大金持ちの旦那をつかむことさ……。

そう言われても、おみさのまわりにいる男たちは、おみさを抱くまでは、ああだ、こうだとおいしいことをささやくが、抱いたあとはさっさと鼬《いたち》の道をきめこんでしまう。

漁師たちがいう「釣った魚に餌《えさ》をやる阿呆《あほう》はいない」ということだろう。

そうはいっても、おみさは産婆のいうとおりに、だれかれなしに男と寝る気にはなれなかった。

そもそも江戸に出てきたのがまちがいだったと、おみさは今になって、つくづく思う。

下総の栢田村にいたころ、江戸というところは夜空にきらめく満天の星のようにキラキラと輝いている街のように思えた。

湊屋に奉公するようになり、江戸の暮らしの現実を知ると、世の中は万事が金次第と思うようになった。

一度に二分の端金《はしたがね》だが、湊屋の若旦那に躰をまかせて蓄えた金で小間物屋か赤《あか》提灯《ちょうちん》の飲み屋を開く……。

そんな望みも断たれ、今やおみさは囚《とら》われの身にひとしい。

しかも、漣権兵衛という盗賊の頭目の情婦になってしまった。

――もう、昔には二度と戻れない……。

月の光が、涙でぼやけて、にじんだ。

四

左右二つの燭台《しょくだい》の灯りが一人の女の裸身を照らしている。

女は洗い髪のまま、畳を三枚積み重ねた競《せ》り台に左手をついて白絹の肌着を身にまとい、横座りになっていた。

右手で乳房を隠しているが、腰は瓢簞《ひょうたん》のようにくびれ、形のいい尻は艶やかで弾力にみちみちていた。

太腿の狭間《はざま》にひっそりと翳《かげ》っているくさむらは柔らかだった。

薄桃色の乳首はちいさく、手鞠《てまり》のような乳房はすこしのたるみもなかった。

その女は、湊屋から攫われてきた娘の千代だった。

ここは、どこかの土蔵らしく、小さな天窓から淡い月明かりが、ほのかにさしこんでいる。

千代のかたわらに置かれた香炉から、ゆらゆらと香煙がゆらめいていた。

競り台の前では、二十人あまりの男が千代の裸身に好色な視線をそそいでいた。

一人の男が競り台から鋭い目で男たちを見渡した。

「この品が、今夜一番の売り物ですぜ」

男は無造作に千代の肌着をまくりあげると、白い尻を掌で丹念《たんねん》に撫《な》でまわしつつ、声を張りあげた。

「この娘は見てのとおり器量はよし、肌も絹のようになめらかで、ほれ、このとおり尻も搗《つ》きたて餅《もち》のように弾力がある」

男は右手の指先で千代の尻をぐいとつかみしめると、左手を前にまわし、千代の太腿を左右におしひらいた。

燭台のほのかに淡い光が千代の股間を照らしだした。

千代のなめらかな白い内腿の狭間に翳る淡い陰毛が痛々しい。

千代はもはや観念したように両目をひしと閉じたまま、うなだれている。

「しかも、この女は手つかずの、まっさらなおぼこですぜ」

おぼことは、まだ男の肌身を知らない処女《しょじょ》のことである。

男の右の掌が容赦なく千代の股間にのびて、まだ淡いくさむらをやわやわと撫でまわした。

「へへ、こういうおぼこを囀《さえず》らせるのは男の冥利《みょうり》につきるというもんですぜ。そいじゃ、付け値は五十両から始めさせてもらいましょうか……」

その声がおわらぬうちに、早くも値付けの声がかかった。

「六十両！」

間髪をいれず、うしろから声がかかった。

「こっちは七十まで出すでぇ」

「へっ、そんならこっちは百や！」

はじめに声をあげた男が立ち上がり、うしろの男を睨《にら》みつけると、大声を張りあげた。

「おぼこちゅうのがほんまなら、ひとつ気張って百五十といったろか！」

「二百！」

「二百五十！」

「よっしゃ、そんなら、目いっぱい気張って三百五十両までいったるでぇ！」

右手で指を三本立て、左手の指を残らず立てて大声を張りあげた。

「おいおい、そんな無茶な。いまどきのおなごのおぼこはあてにならんでぇ」

初めに値付けをした男が舌打ちした。

「おぼこちゅうても、いまどきのおなごは、どこで男とせっせと乳繰《ちちく》りおうとるか、わかったもんやないでぇ」

また、あちこちから異論の声が出た。

「せやけど、見た目は、ええとこの嬢《いと》はんみたいに見えるけどなぁ」

「そら、まぁ、湊屋ちゅうたら上方《かみがた》にまで知られた大店や。そこの一人娘なら、まず生娘にちがいないやろう」

「大店の娘やいうても、色気づいたら駆け落ちしよる娘もおるでぇ」

「そらそうや。あれさこれ言ううち声が低くなり、ちゅうバレ句もあるさかいな。いっぺん、男に抱かれてみぃ。気持ちようなると、あれ死にますと泣きよるでぇ」

「そうやなぁ……見た目はねんねぇみたいな顔しとるけど、とうに男の味は知っとるかもわからんへんしなぁ」

「それもそうや。おなごちゅうのは、いやよいやよと泣きじゃくるのを押さえこんでしもうたら、もう、こっちのもんや」

「そんなことはあらへん。この娘は生娘にきまっとるでぇ」

一気に三百五十両まで競りあげた男が、負けじとばかりに大声を張りあげ、まわりを牽制《けんせい》した。

「なぁに、このおなごもそのうち、尻まで露だくになって、いいわいいわで腰をしゃくりたてて、よがり泣きしよるでぇ」

「へへへ、おなごのいやよいやよは、いいわ、いいわのうちともいうさかいなぁ」

この下世話な茶々に一座はどっと沸いた。

どうやら、この競り市の客は上方の女衒ばかりのようだった。

香炉に焚《た》いた香煙の匂いが、勘定高い商人たちの脳味噌を痺《しび》れさせている。

ゆらゆらとたちのぼる香煙が、競り台に座らされている千代の哀れな姿にまつわりついた。

千代の競り値は三百五十両で止まってしまい、それ以上の高値はつかなかった。

第七章　おもんと小笹《こざさ》

一

浅草の鳥越町の一画に、創建千年を超える鳥越明神社がある。

徳川幕府は浅草御蔵《おくら》の埋め立て地を、この裏山を削った土を運んで造成した。

そもそも江戸の街は山手の高台にある武家地のほかの大半は、近郷の山を削った土砂を運び、江戸湾岸を埋めて平地にして造られた人工の街である。

鳥越明神社で行われる一月の「とんど焼き」と六月の「鳥越夜祭り」には江戸市中の氏子《うじこ》たちが集まってきて、その賑《にぎ》わいは江戸の名物のひとつにもなっている。

その鳥越明神の境内《けいだい》の一隅に稲荷鮨屋《いなりずしや》があるが、ここの［芋酒《いもざけ》］は滅法《めっぽう》に旨《うま》いうえに、精がつくというので評判だった。

この稲荷鮨屋を営んでいるのは、おせいという婆さんだった。

［芋酒］というのは、山芋を擂《す》りおろした［とろろ汁］と濁《にご》り酒をまぜあわせて湯呑み茶碗にいれたもので、この芋酒がよく売れる。

客は梅酢に漬けこんだ生姜《しょうが》を合いの手にかじりながら、［芋酒］を小柄杓《こびしゃく》ですくい、芋粥《いもがゆ》のようにすすりこむ。

伝法な浅草芸者たちは、座敷に出る前に稲荷鮨をいくつかつまみ、芋酒をすする。

座敷に出ると客から盃《さかずき》を受けるが、飲んだふりだけして座を盛り立てるのである。

一夜にいくつもの座敷を掛け持ちして回るのに、客から差された盃の酒を飲みほしていては酔っ払ってしまう。

いちおう盃に口はつけるものの、おおかたは盃洗《はいせん》の水で盃を洗うふりをして器用に捨ててしまう。

それに座敷に出る前に鮨をいくつか腹に入れておくと、空腹をおさえられるということもある。

また、芸者たちは座敷がひけたあとの深夜にもおせい婆さんの店に寄って、稲荷鮨をつまむのを楽しみにしていた。

座敷に出る前に蕎麦《そば》をたぐっておく芸者も多いが、浅草芸者は鮨と芋酒を好んだ。

この浅草芸者たちが芋酒をすする姿が浮世絵になって売り出され、それも人気を呼んで客の絶え間がなかった。

それでも、おせいは愛想笑いなど微塵《みじん》も見せず、仏頂面《ぶっちょうづら》で店の女中を叱《しか》りとばすし、長っ尻の客が茶のおかわりを頼もうものなら「うちは、茶店じゃないんですがねぇ」とじろりと睨《にら》みつける。

この鮨屋の奥は中庭になっており、突き当たりに土蔵がある。

その二階の二間が公儀隠密を務める女忍び、おもんの江戸の塒《ねぐら》のひとつになっている。

二

この鮨屋を訪れる浅草芸者たちのなかには、神谷平蔵の診療所の常連もいる。

平蔵のところにやってくるのに、湯屋帰りにすっぴんの浴衣《ゆかた》姿のままという女もいた。

客としんねこの仲になる芸者もいるから、子が孕《はら》みにくい方法を聞きにくる者もいるし、逆に男と手を切る方法はないかと難題をもちこんでくる芸者もいる。

浅草芸者は伝法が売り物だが、根はきさくで、患者のなかに夜鷹《よたか》がいるとわかっても毛嫌いするような野暮な女はいなかった。

金払いはいいし、話もあく抜けしていておもしろい。そんな浅草芸者は、おせいの鮨屋を贔屓《ひいき》の店のひとつにしていた。

平蔵も、おもんとの連絡場所に、おせいの鮨屋を使うことがあった。

平蔵が、おもんと出会うことは滅多にない。

おもんが、いつ、どこで、いま、なにをしているのか平蔵にもわからない。

おもんは黒鍬組《くろくわぐみ》の忍びの女である。

黒鍬組は甲州忍びの流れを汲《く》む隠密の集団で、徒目付《かちめつけ》とおなじく公儀目付の支配下にある。

おもんは、その黒鍬組のなかでも、練達の女忍だった。

戦時には敵陣深く潜入し、放火、暗殺などの後方攪乱《かくらん》に働くが、平時には各藩の領内におもむき、小笹《こざさ》という配下女忍《にょにん》とともに藩内の情勢探索を任務にしている。

日に五十里を息も切らすことなく、風のように自在に走る。

投げ爪と呼ばれる卍形《まんじ》の鉄片を自在に操り、敵を斃《たお》す。投げ爪は放物線を描いて敵の喉首を斬《き》り裂く飛び道具である。

おもんは幼時のころから、あらゆる忍び技と、さまざまな戦闘力を仕込まれた。野山の草根に精通していて、あらゆる薬草、毒草を自在に使い分ける。

これまで、平蔵も幾たびとなく、おもんの投薬で命を拾ったことがある。

平蔵とおもんの出会いは、まさしく奇縁というしかないものだった。

鮨屋の奥の蔵二階に黒鍬組からのつなぎが入ったのは、まもなく九つ（正午）になろうかというときだった。

黒鍬組には独自の連絡網があり、任務が発生すると、つなぎ役が直接伝えることになっている。

音もなく二階にあがってきた商人風の男を見て、おもんは思わず息を呑んだ。

「お頭《かしら》」

いつもは職人風の道具箱を担いだ男がつなぎ役なのだが、現れたのは組頭の宮内庄兵衛《みやうちしょうべえ》だった。

宮内庄兵衛は、平蔵の亡き妻、篠《しの》を紹介した縁で平蔵とは親しい間柄ではあったが、おもんとは、これまで直接関わることはなかった。黒鍬の者は三つの組に分かれ、それぞれに組頭が置かれている。任務は組頭の庄兵衛から下され、そのあらましはつなぎを通して間接的に伝えられてきた。もちろん組頭の面体《めんてい》は知ってはいたが、言葉をかわした記憶はなかった。

おもんは、庄兵衛を座敷に招き入れながら、組頭みずからが現れた理由に考えをめぐらせていた。もとより任務に失敗は許されないが、組頭みずから、つなぎを入れてくるとなれば、そこには別の力が働いていると見るべきだろう。おもんが、黒鍬組のなかでも腕利きの女忍なのはまちがいない。組頭の庄兵衛が、おもんに直接指示を下そうとしているのは、そのたしかな腕に、念を入れて託さなければならない事情があるからにちがいなかった。

「おどろいたか」

おもんと小笹を前に、庄兵衛は声をひそめた。

「いささか」

おもんは、思ったことを口にした。

庄兵衛は、徒目付の味村武兵衛《あじむらぶへえ》から下された指示を説明した。

「漣権兵衛……」

「さよう」

「噂《うわさ》は聞いております」

おもんの後ろに控えていた小笹が平伏した。

「一筋縄ではいかぬ男よ。単なる盗賊とあなどってはならぬ。しかも……」

庄兵衛は念を入れてあたりの気配をうかがった。

「こたびは、上様直々《じきじき》に一味の捕縛《ほばく》を命じられておる」

「上様って……吉宗《よしむね》公」

小笹が目を丸くした。

「よって、いわずもがなだが、しくじりは許されぬ。こころしてかかれ」

「はっ」

おもんと小笹は平伏した。

三

湊屋の主人である弥兵衛は、成り上がり者の典型のような男である。

日頃からかかりつけの医者も公儀御殿医《ごてんい》を務めている大膳亮芳庵《だいぜんのすけほうあん》ときめていて、町医者風情には鼻もひっかけない尊大な男だった。

ただ、この弥兵衛にも、たったひとつ泣き所があった。

弥兵衛が三十二のとき、初めて妻が産んだ女児が千代だった。

妻は千代を産んで間もなく産褥熱《さんじょくねつ》で亡くなったが、弥兵衛は赤子を亡くしたばかりの里《さと》という女を探しだし、乳母《うば》にやとって千代を育てあげたのである。

その後、弥兵衛は里を後妻に迎え、里は男児をひとりもうけていた。

息子と娘では自分の子でも可愛さの質がちがう。

息子には一人前の商人にするという気構えを持って接するが、娘はひたすら「可愛い、可愛い」で育てあげた。

ことに千代は乳飲み子のときに母を亡くしているだけに可愛さはひとしおだった。

——その千代が、こともあろうに盗賊に攫われてしまったのである。

もし、千代が盗賊たちの慰みものになってしまったらと思うと、弥兵衛は飯も喉を通らず、夜も眠れなかった。

弥兵衛はとにかく千代を無傷のままでとりもどせたら、湊屋の全財産とひきかえにしても少しも惜しくはないとまで思っている。

むろん、弥兵衛も一人前の商人として、八丁堀の役人たちには日頃から惜しげもなく金をばらまいてある。

そして、その町奉行所への仲立ちを頼んでいるのが、公儀に顔のきく芳庵だった。

しかし、その芳庵先生は御老中《ごろうじゅう》の姫が麻疹《はしか》で高熱に呻吟《しんぎん》しているとのことで、老中の別宅に詰めきりになっているという。

「ええい、なんということじゃ。もう、芳庵めには湊屋の敷居をまたがせん。どこぞに芳庵に代わる者はおらんのか」

苛立《いらだ》って八つ当たりしていたとき、二番番頭が、

「そういうことなら、うってつけの先生が近くにいらっしゃいますが」

と、勧めてくれたのが神谷平蔵だった。

この神谷平蔵は医者としての腕もいいし、兄は公儀目付の要職にあり、しかも剣術の達人で将軍吉宗の信頼も厚いという。

神谷平蔵は浅草で町医者をしているが、そのかたわらで、これまでいくつもの難事件を片づけてきたらしい。

疑い深い弥兵衛が、かねてから懇意《こんい》にしている北町奉行所の斧田同心を招いてたしかめてみると、一も二もなく、

「ああ、あの男は鐘捲流の免許皆伝を受けたほどの剣術の達人ですぞ」

と太鼓判《たいこばん》をおした。

「しかも、小石川伝通院《こいしかわでんずういん》前の小川笙船《おがわしょうせん》先生から医学をみっちり学んだうえ、長崎で和蘭陀《オランダ》医学も勉強してきたほどの男でござる」

「ほうほう……それは、それは……」

湊屋弥兵衛、思わず身を乗り出した。

「なんと剣術ばかりか、和蘭陀医学を学ばれたとはのう。……そんな立派なお医者様が浅草におられたとは少しも存じませなんだ」

斧田は思わずにが笑いした。

──ちっ！　よう言うわ。この吝ん坊《しわんぼう》めが、日頃はそっくりかえって、八丁堀なんぞ目糞《めくそ》鼻糞みたいに見下していやがるくせに……。

湊屋弥兵衛のような金の亡者じみた男は、斧田がもっとも嫌いな人種である。

「斧田さまは、その神谷さまとはご昵懇《じっこん》でいらっしゃるので……」

「ああ、これまで幾たびとなく、ともに白刃《はくじん》の下をかいくぐってきた仲でござ

る」

「おお、それは……」

湊屋弥兵衛は鬼瓦《おにがわら》のような顔に満面の笑みを浮かべると、背後の銭箱から小判をつかみだし、手早く懐紙《かいし》に包んで差し出した。

「ひとつ、お手数をかけますが、なんとか、その神谷さまに千代を助け出すよう、お力添えをお願いしていただけませぬか」

「ううむ……ま、口をきくぐらいのことはしてもよいが、なにせ、あの男は希代《きたい》の臍曲《へそま》がりだからのう。湊屋さんの頼みだからといって、果たしてうんと首を縦にふるかどうかはわからんぞ」

斧田は渋い顔でダメをおしながらも、ぬかりなく小判の包みを懐中にねじ込んだ。

「ま、いちおう、声だけはかけてみるがな。あてになるかどうかは保証できんぞ」

ジロリとひとつ、弥兵衛に睨みをきかしておいてから腰をあげた。

第八章　おみさの地獄

一

――その日。

神谷平蔵は、ひさしぶりに訪ねてきた剣友の井手甚内《いでじんない》と碁盤《ごばん》を囲んでいた。

かたわらには暇をもてあました矢部伝八郎が、肘枕《ひじまくら》で煎餅《せんべい》をかじりながら、だらしなく寝そべっていた。

抜けるように碧《あお》く晴れわたった空に、白い雲が綿の花のように浮かんでいる。

金木犀《きんもくせい》の青々とした若葉が夏の陽射しを受けて、その照り返しが縁側にいてもまぶしい。

「まったく、娘っこのおはじきじゃあるまいし、大の男が二人もそろって石のならべっこなんぞして、よう飽きないもんだ。いったい、どこがおもしろいのかのう……」

「ふふ、これは源氏《げんじ》と平家《へいけ》の合戦みたいなものでな。石は兵士で、われわれは軍勢の采配を振る軍師みたいなものよ」

井手甚内が楽しげに解説したが、伝八郎には蛙《かえる》の面《つら》にしょんべんのようなものだった。

「ふうむ……軍師ねぇ。神谷はどうみても軍師にゃみえんがのう」

そこへ裏木戸をあけて斧田同心が顔を出すと、伝八郎がむくりと躰を起こした。

「よう、八丁堀じゃないか。また来たのか。この界隈《かいわい》で何かあったのかね……」

「う、うむ……」

「なんだなんだ、その糞《ふん》づまりしたような顔は……いつもの、あんたらしくもないぞ」

「ちっ、なにをぬかしやがる。こっちは糞づまりどころか、どんづまりよ」

斧田はどっかと縁側に腰をおろすと、十手《じって》でポンポンと肩をたたいた。

「例の湊屋押し込みの件だがな……」

平蔵は眉根を寄せて、斧田をじろりと一瞥《いちべつ》した。

「湊屋の娘の千代と女中のおみさが漣一味に攫われた一件だな。火盗改から手出しするなと言われたそうだが、あんたのところじゃ探索はすすんでいるのか」

「いいや、とんと、奴らの足取りさえもつかめてはおらん」

斧田は苦虫を嚙みつぶしたような顔で、舌打ちした。

「ただ、あの夜、大川の上流につないであった荷足船《にたりぶね》が二杯《にはい》、何者かに盗まれていたようだな」

「ははぁ、つまり、その船を使って湊屋を襲ったということか……」

「うむ。船着き場には番人が二人いたが、それも奴らにドスで腹をずぶりとやられて、死体は江戸湾に浮かんでおったらしい」

「大川の船番所に届けはなかったのか」

「届けはあったそうだが、前から船番所の役人と町奉行所の同心は犬猿《けんえん》の間柄でな。火盗改のほうに知らせたそうだ」

「ははぁ、おなじ役人同士が犬猿の仲かね。役所というのは始末に悪いものだな」

「そうよ。これが大名屋敷や旗本屋敷とくれば、もっと面倒なことになって、到底、おれたちの手にはおえんだろうよ」

碁盤の前で、二人の話を聞いていた井手甚内も苦笑した。

「ふふふ、しかも、さらに、もっと奥に逃げ込めば関東代官の縄張りになる。とても斧田どのの手にはおえんでしょうな」

「さよう……いまごろ、漣一味は小判の山に埋もれ、千代やおみさを裸にひんむいて、しゃぶりまくっておるだろうよ」

「……………」

平蔵は憮然《ぶぜん》として眉をひそめた。

「やつら、そのあとは二人をどうするつもりなのだ。まさか、一生、飼い殺しにしておくつもりでもなかろうが……」

「ま、男とちがって女はつぶしがきくからのう。やはり遠国《おんごく》の人買いにでも売りとばすんだろうなぁ」

「人買い……」

平蔵は碁盤から目をあげると、斧田同心を見返した。

「このあたりにまで人買いが現れるのか」

「ああ、人買いは所えらばずだからな。しかも隅田川の近くなら、どこにでも船を舫《もや》うことができる。攫ってきた女を遠国に運ぶには船が一番いいだろうよ」

「なるほど、船か……」

井手が白石をつまんで、音高くパチリと黒石のまんなかに打ち込んできた。

「川はいずれは海につながる。なんとも厄介なものですな」

「ううむ……」

そこへ由紀が運び盆に小茄子《こなす》の蓼漬《たでづ》けと徳利を乗せて運んできた。

「おお、これは茄子の蓼漬けですな……」

「はい。ちょうど漬かりごろですので、お口よごしにと思いまして……」

「なんのなんの……小茄子の蓼漬けはそれがしの大好物でござる」

「それはようございました。色止めに焼酎《しょうちゅう》と、お砂糖をすこし混ぜて漬けてみましたの」

「ほうほう……」

斧田は早速、ぱくりと一切れ口にほうりこんで、感嘆の声をあげた。

「ふうむ、いや、これは旨《うま》い……まさに珍味……珍味だわ」

二

しばらく四人は小茄子の蓼漬けに舌鼓《したつづみ》をうちながら、酒を酌《く》み交わした。

「そういえば、平安のむかし、奥州《おうしゅう》に金売《かねう》り吉次《きちじ》という商人がいたという話を聞いたことがある……」

井手甚内がぼそりとつぶやいた。

「うむ……たしか金売り吉次というのは黄金の山を掘りあてて大金持ちになったという男のことだろう」

「それもあるが、吉次には、もうひとつ、女を売り買いする女衒《ぜげん》という裏の顔があったという記録が残っておる」

「女衒、か……」

「金は掘りつくせばネタ切れになるが、女はネタ切れになることはないからな」

斧田晋吾が口をひんまげてぼやいた。

「なにせ、おなごがいなけりゃ、男ばかりの世の中じゃ、味気なくてどうともならんことになるだろうよ」

「そりゃ、まあ、たしかにな」

「かといって、おなごばかりの世の中になってみろ。これまた生臭くて、鼻持ちならんことになるだろうな」

「うむ。さすがは八丁堀切っての剃刀《かみそり》同心だけのことはあるのう。言うことが核心をついておりますな」

井手甚内が深々とうなずいた。

「そもそも、女がいなければ世の中、殺伐《さつばつ》として国が滅びる羽目にもなりかねんからな」

「そりゃそうよ。おなごがいなきゃ、おれなんぞ生きている甲斐《かい》もないわ」

伝八郎は気楽とんぼにほざいた。

「ふふふ、そのとおりよ。江戸市中の揉《も》め事のおおかたは、金がらみか、女がらみと相場はきまっておる」

斧田晋吾は数多《あまた》いる八丁堀同心のなかでも、犯人の探索や、捕縛《ほばく》では右に出る者はいないと折り紙つきの切れ者で、町奉行や与力の信任も厚い男である。

「古来、男と女が睦《むつ》み合えば赤ん坊が生まれるのは世のことわり。しかも、その半分はおなごだろう」

「いや、江戸は女ひでりの町だから、江戸の人間の六割以上は男だろうな」

江戸には百万の人が住み暮らしているというが、そのうち男が六十数万人で、女は三十数万人ぐらいのものだ。

江戸は参勤交代で国元に家族をおいてやってくる独り者の武士が多いため、どうしても男の数が多く、女がすくなかった。

しかも武家屋敷に奉公する女もいるから、町家住まいの女の数はさらに少ない。独り身の男はあふれるほどいるが、喉から手が出るほど女房が欲しくても肝心のおなごはなかなか見つからない。江戸の男にとって女は貴重な存在だった。

「ふうむ……」

伝八郎が溜息をついて、ぼやいた。

「しかもだ。男なんぞ買い手はおらんが、おなごは金になるからのう」

「ああ、奥州の金売り吉次も、そこに目をつけたんだろうよ」

斧田が苦い顔で吐き捨てた。

「金山《きんざん》はとことん掘りつくせば廃鉱にするしかないが、おなごは種さえ仕込めば、いくらでも子を身ごもるからな」

「つまり、貴公に言わせると、おなごは黄金の鉱脈ということなのか……」

斧田の台詞《せりふ》に平蔵は憮然とした。

「ああ、しかも、この鉱脈は涸《か》れることがない。どんな鉱脈も掘りつくせば、それまでだが、おなごはいくらでも、ぽこぽこと赤子をひりだしてくれる」

斧田は蓼漬けに舌を鳴らしながらふかぶかとうなずいた。

「浜の真砂《まさご》はつきても、世におなごが絶えることはないだろうて」

「そりゃ、そうよ……」

途端に間髪をいれず、伝八郎が割りこんできて、わめいた。

「世の中、むさくるしい男ばかりじゃ、始末におえんぞ」

伝八郎は日頃から南の海にあるという女ばかりの島に行ってみたいという他愛もない夢を抱いているような男である。

三

「さよう、世に女衒という商売が絶えないのも、そのせいだろうな」

井手甚内は小茄子を噛みしめながら、渋い目になった。

「ふうむ。しかし、一番の売り物がおなごとは悪党の考えそうなことだ」

斧田は茶碗の酒をがぶりと飲んで唸《うな》った。

「なんでも、金売り吉次は陸奥《みちのく》や越後《えちご》の百姓の娘を安く仕入れて、都の商人に売りつけて大儲《おおもう》けしたらしい。なにせ、百姓仕事や漁師では食うのがカツカツだろうからな」

「ああ、貧《ひん》すりゃ鈍《どん》するのが人の性《さが》というものだ。まぁ、人というのは野山の獣より、浅ましいことをしてのける生き物よ」

平蔵は暗い眼差しになって、ぬけるような真夏の青空のあちこちに、厳《いか》めしい甍《いらか》をつらねている浅草の寺町に目を向けた。

「なにしろ、人に衆生済度《しゆじようさいど》を説く坊主が、檀家《だんか》の女房とつるんで、亭主を殺して駆け落ちする世の中だからの」

「そら、そうよ。大昔から、坊さんや、尼さんも色の道にはまるものと相場はきまっておる。色事にどっぷりはまって、えっさ、えっさしながら、口では南無阿《なむあ》弥陀仏《みだぶつ》を唱え、極楽往生したくもなるさ」

伝八郎はにんまりした。

「ふふふ、ま、悪党を捕らえるのが役目の同心が、人の女房とつるんで亭主に毒を盛ったこともあったくらいだからな」

斧田が憎まれ口をたたいた。

「獣にも劣るような奴が、涼しい顔でのさばっておるのが世の中よ」

「そうよなぁ。なにしろ、世間にゃ、食いつめれば娘どころか、連れ添う女房でも、買い手がつけば売る者もいるからのう」

「まさに貧すれば鈍すという諺《ことわざ》を地でゆく話だな……」

平蔵はホロ苦い目になって、うなずいた。

一昨年《おととし》の夏、蛇骨長屋の住人が博奕《ばくち》の借金につまって、女房を女衒に売りとばしてしまったことがあったのを思い出していた。

それも、たった、三両の賭け金を借りただけで、利子がつもりにつもって十五両にふくらんでしまい、カタにしてあった女房を取られてしまったらしい。

「そうよ。人というのは素寒貧《すかんぴん》になれば、なんでもやりかねん生き物だからの」

伝八郎がえらそうな能書きをほざいた。

「ま、江戸の女なら売られて行く先は京の島原《しまばら》か、大坂界隈だろうが、長崎あたりから船に積みこまれて、和蘭陀《オランダ》の金持ちが買うということもあるだろうよ」

「ふうむ。和蘭陀の男が……」

「ああ、なにせ、紅毛人《こうもうじん》の一物《いちもつ》は擂《す》り粉木《こぎ》みたいに太いらしいぞ。そんなのをぶちこまれりゃ女もたまったもんじゃなかろうよ」

伝八郎がうがったようなことをほざいた。

「いや、浮世絵師が描いた枕絵を見て、和蘭陀人たちのほうこそ、我が国の男の一物は丸太ん棒みたいに、堅くて、かつ太いと思いこんでいるらしいぞ」

斧田が重々しくうなずいた。

「冗談じゃない！　いくらなんでも丸太ん棒はなかろうが」

伝八郎が口をとんがらせた。

「ともかく、どこの国でも、異国の女というのは高値で売れるものらしい」

斧田は太い溜息をついて、酒をすすった。

悪党を追跡し、捕縛するのが役目の同心がこんな手ぬるいことをほざいていていいのかと、平蔵が睨みつけたが、斧田はいけしゃあしゃあと、まるで他人事《ひとごと》のようにほざいた。

「ま、なにせ、この世の中で、おなごほど金になる売り物はないからのう」

斧田晋吾はあたかも絵空事のように涼しい顔で、拐《かどわ》かしの下手人《げしゅにん》の名代《みようだい》のようなことをぬかしている。

四

「おい。八丁堀……」

平蔵は頭にきて、声を荒らげ、斧田晋吾をねめつけた。

「きさま、おなごを金儲けの元手だとでも思っているのか……」

痛烈に食ってかかったが、斧田晋吾は平然とのたまった。

「おれに文句をいったところで始まらんだろう。賭場の貸し元というのはな。借り手を裸にひんむいても、貸し付けた金は容赦なく取り立てるものよ」

斧田は、ちっちっと舌を鳴らした。

「賭場で懐《ふところ》がすってんてんになった男に元手を貸すときは、そいつの女房か、娘がカタになるだけのタマかどうかを、しっかり値踏みしておいてから用立てるのさ」

「…………」

「しかも、おなごは馬や駕籠《かご》に乗せて運ばなくても、ちょいと脅《おど》しつければ自分の足で歩くという便利な乗り物だからな」

平蔵は耳を疑った。

「なんだ。乗り物とは……」

「ン？　きまっとろうが。おなごは腹のうえに男を乗っけるだけで銭がはいるんだぞ。銭の亡者にとってみりゃ、こんなわりのいい商品はほかになかろうよ」

斧田は平蔵が、なにをカッカしているのかわからんという顔つきで首をかしげた。

「商品とはなんだ。人は品物じゃないぞ」

「ふふ、ま、八百屋《やおや》や魚屋で買えるようなモノじゃないにしろ、金で売り買いできることじゃ、商品に違いはなかろうが」

「なにぃ……」

平蔵は絶句したが、斧田は八丁堀同心だけあって、弁口では平蔵に負けてはいない。

「な、大公儀も吉原の遊郭を公認しておるだろうが。貴公も若いころはちょくちょく深川《ふかがわ》あたりで遊んでおっただろう」

「………」

——それを言っちゃおしまいだろう……。

そう切り返したいところだが、かたわらには、そのころの遊び仲間の矢部伝八郎がいる。

しかも、その伝八郎は若いころから、成り行き次第ではどうころぶか、あてにならない悪童仲間でもある。

「しかし、それと、これとは、また別の話だろうが」

「なんの、おなじことよ。男が女を銭で売り買いするということは、幕府も内々で認めておるからな。つまりはお目こぼしということだろうが。ン？」

斧田はにんまりすると、片目をつむってみせた。

「貴公の兄者《あにじゃ》は目付だが、いくら公儀の目付とはいっても吉原にまで手入れすることはなかろうが。吉原には吉原同心という輩《やから》が常時詰めていて、女郎が足抜けして逃げようものなら、問答無用でどこまでも追いかける」

「…………」

「なにせ、吉原の廓《くるわ》うちには公儀の役人でも手出しはできん仕組みになっておるのよ」

にやりとして十手で肩をポンポンとたたいて、澄ました顔になった。

「ま、吉原というところは世の中の掃き溜めのようなものよ。なにせ、大名や旗本のなかにも吉原に通う者は結構おるからの」

「ちっ！　貴公、このところ、ますます品《しな》さがってきたようだな」

伝八郎が口を尖《とが》らせて、つっかかった。

「あたりまえだ。町方同心などというのは、いうならば町の掃除屋みたいなものよ」

めずらしく斧田がぼやいた。

「なにせ、かっぱらいや掏摸《すり》はもちろんのこと、盗人《ぬすっと》から人殺しにいたるまで、悪党という悪党は、問答無用で片っ端からふんづかまえるのが稼業だからのう」

「そうよなぁ。ま、同心が綺麗事などいっちゃおられんだろうからのう」

伝八郎も、いつになく素直にうなずいた。

「ああ、なにせ、相手は銭のためなら、なんでもする連中だからの。こっちも綺麗事などほざいちゃおられんさ」

斧田がうんざりしたように吐き捨てた。

「ま、およそ、この世の中、綺麗事などというのはうわべだけでな。裏じゃなんでも大手をふってまかりとおっておる」

「おい。町方同心が、そんなことをいってもいいのか」

「なぁに、八丁堀同心なんてのは一代勤めだからな。おまけに扶持《ふち》といっても家の者の口を養うのが精一杯で、いつ首になっても文句はいえん身分よ」

斧田は口をへの字にひんまげると、手刀で首をポンとたたいた。

その横顔がなんともいえず、わびしげに見えた。

「ふうむ。しかし、娘は嫁にだせばカタがつくとしても、一代勤めとなると息子が跡を継げるとはかぎらんのだろう」

平蔵が徳利を手にして、斧田に酒をすすめてやった。

「おお、だから、いま、息子はせっせと学問所に通って、いざというときのために、学者は無理でも、せめて手習い塾の師匠にでもなろうとして、日々、夜中過ぎまで四書五経《ししょごきょう》とやらに没頭しておるようだのう……」

ふっと斧田の顔つきがやわらいだ。

「なに、息子。きさまのところは娘二人のはずだろう。いったい、いつの間に息子ができたんだ」

平蔵はおどろいたように目を瞠《みは》った。

「いや、じつはな、今まで言えなかったんだが、よんどころのない事情があって養子をとったのよ。だがなあ、この義理の息子がちょっと困ったやつでな」

斧田と妻の志津江《しづえ》のあいだには久実《くみ》という娘がおり、二番目もまた女児だったため、斧田家には跡取りがいなかった。

志津江の歳も三十なかばになり、さらなる子は望めないとあって、斧田は志津江の親戚筋から、部屋住みの次男坊を養子に迎えたらしい。

五

四書五経は儒教《じゅきょう》の経典ともいわれる［大学・中庸《ちゅうよう》・論語《ろんご》・孟子《もうし》］にくわえて［易経《えききょう》・詩経《しきょう》・書経《しょきょう》・春秋《しゅんじゅう》・礼記《らいき》］を総称したものである。

とてものことに、そのすべてを読みこなすには並々ならぬ素養と努力を要するものだ。

平蔵も十四、五までは少しは論語をかじったが、すぐに飽きてしまった。

いっぽう、色気づくのは並の男より早かった。

生家の住み込み女中のお久によって、女体の蠱惑《こわく》を知ったのもそのころだったし、斧田のいうように、岡場所にもせっせと通った口だ。

そんな我が身にくらべれば、斧田の息子は雲泥《うんでい》の差の木仏《きぶつ》、金仏《かなぶつ》の堅物《かたぶつ》らしい。

「四書五経に没頭しているとはたいしたもんだ。困ることはなかろう。あんたには過ぎたる息子じゃないか」

「まぁ、な……」

いつもの斧田らしくもなく、まぶしげな目つきになった。

「そうよ。ひとつ、思い切って長崎にでも留学させてやって、和蘭陀医学でも学ばせてやったらどうなんだね」

　平蔵がけしかけると、さすがに世間なれしている斧田同心もたじろいだ。

「う、ううん……和蘭陀か」

「ああ、これからの若者は西洋に目を向けんと時勢に遅れるぞ。おれや、あんたはいまさらどうにもならんが、きさまの息子は頭のできが違うらしいからな」

「しかし、うちの跡取り息子は、もう十九にもなっておるのにもかかわらず、これまで一度もおなごを抱いたことがないという、きわめつけの堅物だぞ」

「ははぁ……」

　平蔵は失笑したが、生家の甥《おい》も負けず劣らずの石部金吉《いしべきんきち》だったことを思い出した。

「なぁに、さほど心配することでもないさ。いくら堅物といっても、五体満足の男なら、ほうっておいても、いずれは女に惚《ほ》れてくっつきあうようになるもんよ」

「そうかのう……」

「ああ、おれの甥の忠之《ただゆき》も女なんぞに目もくれない石頭だったが、ひょんなことから柔術《やわら》を遣《つか》う武家の娘に惚れて、今じゃ二人も子をもうけて仲睦《なかむつ》まじく暮らしておるぞ」

「ううむ、そうだったの……」

忠之は平蔵の兄の忠利の長男で、女なんぞ生臭いと眉をしかめるような堅物だったが、織絵《おりえ》という柔術遣いの娘に惚れこんで妻に迎え、今や神谷家の跡継ぎとして見習い出仕している。

「貴公の倅《せがれ》も五体健全なら、黙っていても、いずれはそうなる、そうなる。……あんたが心配することなどありはせんさ」

「いやいや、そう、のんきなことも言っておられんのよ。八丁堀の同心は一代勤めとはいえ、それが建前《たてまえ》なのは貴公も知っておろう。やはり、ちゃんとした跡目は用意しておかんとな」

「そういうもんかね……」

伝八郎が眉をひそめた。

「うむ……」

斧田は口をひんまげた。

「貴公。隠密廻りの家に生まれた割に、なんにも考えておらんようだの」

「おう、なにせ、おれの家にはごちゃごちゃ兄や姉がおったからな。年中、喧嘩《けんか》の絶え間がなかったから嫌になって飛びだしたのよ」

「ふふ、わからんでもないな。貴公が家を継いでいたら、おそらく矢部家は取りつぶしになったろうな」

「ああ、それは、まず、まちがいない」

平蔵もにやりとした。

「なにせ、こいつは喧嘩好きに酒好き、女好きと三拍子そろった男だ。さよう、しからばの城勤めなど三日ともたんだろう」

「ちっ！　なにをぬかしやがる」

「ふふふ、おれも御城奉公などまちがっても御免蒙《ごめんこうむ》る。ま、似た者同士というところはまちがいないな」

平蔵はどんと伝八郎の肩をどやしつけて、にやりとした。

「う、うむ……そらそうよ。なにせ、神谷とは餓鬼《がき》のころからの相棒だからのう。いうならば一蓮托生《いちれんたくしょう》、死なばもろとものの仲よ」

「よういうわ。きさまには育代《いくよ》どのという恋女房がおるだろう。そんなセリフは育代どのにいってやれ」

「ン……いやいや、育代もちかごろは口うるさくなってのう」

「あたりまえだ。きさまのような風来坊の手綱《たづな》をとるには、どんぴしゃりの女房だぞ」

「そうよ。口うるさいのは亭主をかまいたいからよ。それだけ貴公の身を案じているということさ」

斧田がおおきくうなずいた。

「なにせ、夫婦は一心同体だからの。万が一、おれが捕り物で、悪党に斬《き》られて、お陀仏《だぶつ》にでもなってみろ。女房は同心の組長屋を出ていかにゃならん羽目になる……」

斧田はやるせない溜息をついた。

「だからこそ、はやいところ、倅に同心の跡目を継がせる道筋をつけておかにゃならんのよ」

六

南北両町奉行所の与力は各二十五騎、同心は各百人で、与力の俸禄は二百石、同心は三十俵二人扶持と定められていた。

町方同心は扶持以外に、大商人などから盆暮れに付け届けをもらい、相当な別収入があった。

しかし、それももらいっぱなしになるわけではなく、手下の岡っ引きや手先に分配してやらなければ、思うようには動いてもらえない。

組屋敷は五、六十坪から百坪はあるので、その一部を町人に又貸ししている者もいる。

同心の組屋敷は悪いやつらに狙われる心配がないので、町人のなかには地代が少しぐらい高くても借り手はいくらでもいる。

南町奉行所は数寄屋橋《すきやばし》御門にあり、北町奉行所は享保《きようほう》四年（一七一九）に常盤《ときわ》橋《ばし》御門に移された。

同心には本所見廻り、養生所《ようじようしよ》見廻り、牢屋《ろうや》見廻り、隠密廻りなどさまざまあったが、斧田晋吾は定町廻りを務めている。

与力とちがって、身分はいたって低く、いつ御役御免になるかも知れなかった。

そのため、現役同心のあいだにできるだけ蓄えを残しておきたいのは当然だった。

「おれが、万が一お陀仏になったとしても、跡継ぎがあの調子ではのう……」

いつもの斧田同心らしくもない口ぶりだった。

「おい。なにか、いい知恵はないか……」

「ううむ……そうよなぁ。女たらしの息子にも困るが、根っからの女嫌いというのも、これまた始末にわるいものだ」

平蔵は蓼漬けを噛みしめながら、思わず井手甚内と顔を見合わせた。

そこへ、伝八郎が噛みついてきた。

「なんだなんだ、根っからの女嫌いだと、そんな阿呆《あほう》な男が、この世の中におるのか。信じられんのう……」

「ああ、男に生まれて、男を好きになる男もいれば、女に生まれながら、女にしか目もくれぬ女もいる。人は百人、百色。だからこそ世の中はおもしろいのよ」

平蔵がおおきくうなずいた。

「しかし、女道楽というのも始末に悪いが、その逆というのも困ったものでな」

斧田は苦い顔になった。

「おれもほうっておくというわけにもいかぬゆえ、倅を深川の水茶屋に誘って飲んだあと、枕芸者に筆おろしを頼んでみたがのう」

筆おろしというのは童貞の男に女体開眼をさせることである。

「ふふ、筆おろしとは、また古風なことをいう。男とおなごは知らん顔をしていても、いずれはくっつきあうものだぞ」

「まぁな……」

斧田は憮然として、ぼやいた。

「その芸者は倅より、ふたつか三つ年上だが、なかなかの器量よしで、おまけに床上手《とこじょうず》だと評判でな。その芸者に粒銀をふたつ握らせ、倅をたのんで帰ってきたんだが……」

「ふうむ……息子の筆おろしに、親父がそこまでやるかね」

平蔵は唖然《あぜん》としたが、ともかく拝聴した。

「ところが、おれの息子は芸者が肌着ひとつになって寝床に誘ったところ、汚《けが》らわしいことをするなと怒って、そのまま家に帰ってきちまった」

「ははぁ……汚らわしいときたか」

「うむ。おれの倅は白粉《おしろい》の匂いがしても吐き気がするらしい」

「ははぁ……そいつは堅物というより変人だな。もしやして、あんたの倅は男色の口じゃないのか」

「いいや、色小姓などには目もくれぬ。あんな連中は化け物のたぐいだといっておったからのう」

「ふうむ。倅どのの股ぐらには一物はちゃんとついておるのかね」

「ああ、ときおり湯屋にいっしょにいっておるが、一物はりっぱに毛も生えておるし、皮もちゃんと剝《む》けておったな」

「ふふ、それなら心配することはない。そのうちなんとかなるものだ。ほうっておけ。親が口出しするほどのことじゃないさ」

平蔵が思わず失笑したとき、由紀が焼き魚らしい一品を盆に乗せて運びこんできた。

七

井手甚内が早速、焼き魚に箸《はし》をのばした。

「ほう、これは、また、なんとも香ばしい匂いがするのう……」

どうやら魚を筒切りにして醬油《しょうゆ》につけて焼いたものらしい。

「すこし旬遅れですが、鰹《かつお》を焼いてみましたの」

由紀の説明に井手甚内は目を瞠った。

「ほう、鰹の筒切り焼きですか。これは、また、めずらしい」

井手甚内は見かけは質朴《しつぼく》そうだが、食い物にはなかなかうるさい男である。

早速、口に運んでみて、また、おおきくうなずいた。

「ううむ、これは香ばしくて旨い……」

平蔵も一口、食べてみて唸った。

鰹は刺身とばかり思っていたが、なかなかどうして、嚙みしめれば口のなかに旨みがじわりとひろがってくる。

「酒の肴《さかな》にもいいが、これを菜《さい》にして飯を食ってみたくなるな」

「ええ、わたくしも鰹はお刺身で食べるものだと思っておりましたが［しんざ］の小柳さまに教わって造ってみましたの」

「ははぁ、［しんざ］の小柳というと、直参の屋敷を飛び出して、小料理屋を始めたという小柳進三郎どのだな」

井手甚内が納得した。

「ええ、わたくしの湯屋の近くに店を移してこられましたので、ときどき顔をだして、いろいろとお料理を教わっておりますの」

「ははぁ、さしずめ嫁入り前の修業ですな」

「ま、そのような……」

由紀はとっさのことで、うろたえた。

「それはいい。神谷どのも、そろそろ気楽とんぼの独り者を返上して、由紀どのを御妻女《ごさいじょ》に迎えられてはどうかな」

「う、ううむ……」

いきなり矛先《ほこさき》を向けられて、平蔵は渋い目になった。

「由紀どのは器量もよし、武家の出だけあって挙措《きよそ》もよし、しかも料理上手とくればいうことなしじゃ。まごまごしていると、それこそ、どこぞの鳶《とんび》にまんまと油揚げをさらわれかねませんぞ」

井手甚内の尻馬にのって、伝八郎もわめきたてた。

「そうよ、きさまもここらで、ひとつ腹をきめて、佐治先生に仲人《なこうど》を頼んでだな。由紀どのを妻に娶《めと》らぬと男がすたるぞ」

「ま……」

由紀が頬を赤らめて、急いで台所に逃げだしていった。

「わかった、わかった……わかっておる」

平蔵もにが笑いしながら、片手を団扇《うちわ》のようにふった。

「そのときは［しんざ］に貴公らを招待して盛大に大盤振る舞《おおばんぶま》いするさ」

ひとしきり、みんなに酒がまわったところで、斧田が漣《さざなみ》一味に攫《さら》われた湊屋の娘の千代と、女中のおみさのことを切り出した。

「じつは、湊屋から頼まれてな」

斧田は、懐から小判の包みを取り出して平蔵の前に置いた。

「ざっと十両ある。漣一味から、湊屋の娘千代を助け出してほしいとのことだ」

「十両……」

「なにしろ、漣権兵衛の一味は京や大坂はおろか、長崎あたりまで荒らしまわってきたという極めつけの悪党だからのう」

斧田は不快げに眉根に皺《しわ》を寄せた。

「しかも、この漣の一味は金箱はもとより、若い女を攫ってきちゃ、すでに男の肌身を知っている女は仲間の何人かで回しにかけて観念させたあと、女衒たちが集まる競《せ》り市にかけて売り飛ばしてしまうということだ」

回しというのは輪姦のことである。

「ううむ……まさしく外道《げどう》の仕業だな」

「そうよ。ただし、男知らずの初穂の娘だけは手をつけてしまうと、売値がさがるというので、湊屋の娘の千代は、まだ手つかずのままだろうと思うがの……」

「というと、おみさは……」

「そうさなぁ。ま、どう考えても、おみさという女中のほうは無傷ですむはずはなかろうよ……」

おみさの地獄が目に見えるようだった。

「火盗改は何をしておるのだ」

「徒目付組頭《くみがしら》の味村どのが漣一味の探索に動いているそうだが、やつらは塒《ねぐら》をあちこちに持っているらしく、いまだに一味の足取りさえも、とんとつかめんらしい」

「ふうむ……まさしく狼《おおかみ》だな」

「なるほど、狼か……」

斧田同心は憮然として、ちっちっちっちっと舌打ちした。

「そうよ。狡猾《こうかつ》で、かつ、残忍獰猛《ざんにんどうもう》、無慈悲なところは、まさしく狼の群れとしかいいようがないやつらだぞ」

「ははぁ、狼か。そいつは、さすがに火盗改でも手を焼くだろうな」

「ちっ！　狼ぐらいなんだ。たかが、犬に毛が生えたような代物《しろもの》じゃないか。おれなら足で蹴飛ばしてやるがのう」

伝八郎がこともなげにほざいた。

「馬鹿をいえ。おなじ四つ足の獣といっても、狼というやつは、そんな生やさしい代物じゃないぞ。しかも、狼は群れをつくって獲物に襲いかかるからな」

平蔵の反論に、井手甚内もおおきくうなずいた。

「神谷どののいうとおりだ。一匹が足に噛みつけば、仲間が群がってきて腕に噛みつき、喉笛を狙ってくるらしい」

「ふうむ……いやな獣だの」

伝八郎がげんなりしたような顔をした。

「そうよ。しかも、いったん噛みついたら最後、牙《きば》を立てて骨まで噛み砕きにかかるという凶暴な獣だそうだぞ」

井手甚内がじろりと伝八郎を見やって、付け加えた。

「まず、一人旅の途中の山道で狼に狙われたら、とにもかくにも近くの大木によじ登って、狩人たちが助けにきてくれるまで待つしかなかろうよ」

平蔵も伝八郎を見やって、付け足した。

「おれが磐根藩にいたころ、森の奥で狼に狙われたことがあるが、そのときは近くの楡《にれ》の大木によじのぼって、里から助けがくるまで二日間も過ごしたものだ。狼の群れと命のやりをするのはバカバカしいからな」

「ほう……二日も、か」

「ああ……小便も大便も、木のうえから垂れ流しにし、褌《ふんどし》を木の幹に巻きつけておいて、木の葉を嚙みながら過ごしたが、あのときは生きた心地がしなかったよ」

「褌を幹に巻きつけておくというのは何のためだ……」

「いや、村の者の話によると、狼は用心深い獣だから、白い晒《さら》しの布をひらひらさせておくと、何かの罠《わな》かと警戒して近づかないという、一種の呪《まじな》いのようなものだと聞いたが、ほんとうのところはわからん」

「ふうむ……呪いか」

「ともかく、漣権兵衛はこれまであちこちを荒らしまわってきたが、なにしろ、これまで一度もお縄になったことがないというからの。用心深い男ということはたしかだ」

「ちっ、ちっ！　おみさもとんだやつらに目をつけられたものだのう」

伝八郎が眉をしかめて、吐き捨てた。

「いまごろは、おみさもやつらに寄ってたかってなぶりものにされているだろうよ」

「わかった。引きうけよう」

平蔵は小判の包みを懐に入れた。

第九章　群《ぐん》　狼《ろう》

一

モノの本によると、狼《おおかみ》はかつては犬の仲間だったそうだが、本来は山奥深くの洞穴に生息する夜行性の猛獣だという。

昼間はほとんど眠っているが、夜になると群れをつくって、里村におりてきては人や鶏《にわとり》を襲う獰猛《どうもう》な肉食獣である。

むろんのこと、牛や、馬も群れで囲んでは喉笛に嚙みついて倒し、血をすすり、肉を貪《むさぼ》り食うらしい。

狼は相手が数十貫を超える巨大な猪《いのしし》でさえも、群がって襲いかかり、斃《たお》してしまうという。

この国にはさいわいというべきか、虎《とら》や獅子《しし》のような天敵もいないため、跋扈《ばっこ》する狼の群れは猪狩りを商売にしている狩人でさえも恐れる存在だった。

隣国の朝鮮半島にも狼はいるらしいが、毛色も違い、朝鮮狼と呼ばれているという。

この朝鮮狼は我が国の狼よりもさらに獰猛で、朝鮮半島最強の猛獣といわれる虎をも恐れることなく襲撃するらしい。

ただし、狼は群れを組んで獲物を襲う習性があるものの、その一方では、傷ついた仲間の狼は容赦なく見捨てて去ってしまう非情な一面もあるという。

狼の視力はそれほどよくはないが、嗅覚が恐ろしく鋭敏で、もっぱら暗闇の夜間に活動するようだ。

また、一度、狙った獲物はどこまでも、その臭いと足跡を追跡しつづけて捕らえるしつこさをもっているという。

送り狼という言葉があるが、これは山奥にはいりこんだ旅人や樵《きこり》、山猟師たちが人里に向かう途中の道で狼に狙われ、どこまでもつけてくることをさしていう言葉らしい。

むろん、途中で一服したり、用をたそうとして隙を見せれば、不意に襲いかかってくる。

狼の怖さを知らない他国の旅人が、疲れて草むらで寝込んだりすると、いきなり襲いかかって喉笛に噛みつき、食い殺されてしまう。

狼の体型は犬に似ていて、耳は小さく、口は耳元近くまで裂けている。

また、狼の牙《きば》は奥歯まで鋭く尖《とが》っていて、いったん噛みついたら、相手を斃すまで食いついて離さない執拗《しつよう》な獣だという。

体毛は若いうちは茶褐色だが、年とともに次第に黒ずんできて、夜の闇に溶け込んで獲物に近づきやすくなるらしい。

冬場には山の獲物たちが冬ごもりしてしまい、狼の餌《えさ》は少なくなる。

そんなおりに、母狼が山猟師たちに鉄砲で追い立てられたりすると、幼い子狼を口にくわえたまま、里山から山奥へ転々と移動するらしい。

雄《おす》の狼は交尾期になると気が立って、おのれの子が邪魔になると噛み殺してでも、番《つが》いの雌《めす》と交尾するという非情な獣である。

ときには一匹の雌を争って、二匹の雄が殺しあうこともあるらしい。

その時、雌の狼は生まれて間もない子を守るため、巣穴の入り口から侵入しようとする雄の狼に牙を剝《む》いて立ち向かい、命がけで撃退するという。

集団で狩りをする狼の獲物は牛や馬にとどまらず、ときには月輪熊《つきのわぐま》のような猛獣にも、怯《ひる》むことなく襲いかかって斃してしまうほど、ある意味で勇猛《ゆうもう》な獣である。

二

——その年の夏は日照りつづきで、関八州《かんはっしゅう》の田圃《たんぼ》は水不足になり、百姓たちは川から汲《く》み上げた水を肥桶《こえおけ》で運んでは、稲が枯れないように水を撒《ま》く仕事に追われた。

だが、八月末には南から発達した黒雲が空を覆《おお》い、雷鳴が轟《とどろ》き、稲妻《いなずま》とともにたたきつけるような豪雨が十日も降りつづき、水涸《みずが》れの恐れはなくなった。

そのかわり百姓たちは、堤防が決壊しないよう土手に土嚢《どのう》を積む作業に追われた。

秋になって穂孕《ほばら》みした稲が黄金色《こがねいろ》に染まるころ、百姓たちは刈り入れを前にして、ようやく安堵《あんど》して熟睡できるようになった。

しかし、稲作は例年の六割に届くかどうかという状況で、百姓たちはどこも借金漬けになってしまっていた。

やむをえず百姓たちは、娘はもちろんのこと女房までも女衒《ぜげん》に売る者が続出した。

漣《さざなみ》権兵衛の手下も関東一円を回り、年頃の娘はもちろんのこと、三十路《みそじ》を過ぎた大年増《おおどしま》の女房までも、安値で買いたたいては、京や大坂、堺、長崎などの女衒に売り込みにかかった。

大坂や堺、長崎の港町には和蘭陀《オランダ》の商人がいて、女衒から女を買いつけては商館の寝室で、女の肌身をたっぷりと堪能する。

和蘭陀商館は奉行所の役人も無断で立ち入ることはできない「治外法権」で守られている、いわば外国にひとしい区域である。

こうした女を長崎では「洋妾《らしやめん》」と呼んで卑《いや》しめているが、遊郭の女のなかには一人の紅毛人《こうもうじん》の妾《めかけ》になるだけで贅沢《ぜいたく》な暮らしをしている洋妾を羨《うらや》んでいるものも少なくなかった。

漣一味に攫《さら》われた女たちのうち、あるものは船底に荷物といっしょに積みこまれ、長崎の港町に運ばれる。

そこからさらに和蘭陀国に連れていかれ、娼館の飾り窓に陳列されて、異国の男たちに肌身を売ることになるらしい。

背丈は小柄で、毛髪が黒く艶《つや》があり、しかも肌が滑《なめ》らかな東洋の女は人気があり、高値がつくという。

漣権兵衛はおみさだけは手元に残しておいたが、千代のほうは長崎遊郭と取引きのある女衒に三百五十両で売り渡すことにした。

もっと高値で買おうという女衒もいたが、関東の近辺で売っては女が逃げ出す恐れもあるし、町奉行所の同心や岡っ引きの目にとまりやすいだろうと用心したのである。

女たちを船底に積みこんで長崎に送るのに、権兵衛は千石船を使っている。千石船には樽廻船《たるかいせん》や菱垣廻船《ひがきかいせん》などがあり、品川沖に停泊させた。

積み荷はいずれも荷役問屋を通して上げ下ろしされる仕組みになっていた。

権兵衛は三年前に、［三徳丸《さんとくまる》］という菱垣廻船の大船頭をしている嘉助《かすけ》という男が、博奕《ばくち》で二百三十両もの借金をして娘を女衒に売ろうとしているのを知った。

そこで嘉助の借金を肩代わりしてやる見返りに、女を堺や長崎の港まで運ぶ仕事を引きうけさせたのである。

行く先が堺のときは一人頭で五両、長崎までなら十両という約束だった。

ただし、手つかずの生娘《きむすめ》は運賃も倍額を支払うかわり、もしも傷物にしたら嘉助の命をもらうと脅していた。

菱垣廻船の大船頭は、船のうえでは一人として逆らう者がいない専制君主である。

もし、逆らう者がいれば簀《す》巻《ま》きにして海に投げ込んでしまう。

船には手つかずの生娘もいるが、生娘は船底の板囲いのなかにいれられ、外には見張り役の小頭《こがしら》がつけられている。

手つかずの娘は遊郭でも高値で売れるし、長崎奉行にでも献上すれば、廓《くるわ》の女の売買に目こぼしをしてもらえるからである。

そのほかの女は縄をかけて固定されている積み荷の谷間に積みこまれ、それぞれ肩を寄せ合い、放心するしかない。

船底は水面下で、波の音も頭上に聞こえる暗黒の牢獄《ろうごく》である。

ときおり見廻りの船乗りが握り飯や飲み水、溲瓶《しびん》、御虎子《おまる》などを手にしてやってくる。

女たちは見張り役の見ている前で、裾《すそ》をまくり、溲瓶や御虎子に跨《また》がって用を足すしかない。

見張り役のなかには、ときおり積み荷の谷間から女を連れだしていって犯す者もいる。

千代をはじめ、攫われてきた女たちはいずれは廓に売られ、客をとらされる身だと観念したせいか、泣きわめくような女はもう一人もいない。

三

永代橋《えいたいばし》の東岸に［牡丹亭《ぼたんてい》］という料理屋があるが、この店の女将《おかみ》のお栄《えい》は漣権兵衛の情婦だった。

もともとは深川の羽織芸者だったが、権兵衛が売りに出されていた料理茶屋を買い取り、お栄を女将にして［牡丹亭］という看板で料理屋を出させた。

お栄は秋田《あきた》の生まれで、今年二十六になる年増だが、雪国の女らしく色白で、目鼻立ちに愛嬌《あいきょう》があり、乳も尻もほどよく実り、房事でも権兵衛を堪能させてくれる。

お栄は客あしらいにもそつがなく、使用人を上手《じょうず》に使いこなしていた。

権兵衛にとって［牡丹亭］は関東に出てきたときの恰好の出城でもあり、隠れ家にもなっている。

その日の夕刻七つ半（午後五時）ごろ、権兵衛は一味の小頭・音吉《おときち》を従えて現れた。

お栄は満面の笑顔で出迎え、みずから先に立って、二人を中庭に面した奥の離れ部屋に案内した。

女中頭のおくまは住み込みだが、しばらく前から音吉の情婦になっていた。

おくまは三十になる大年増で、夫の亡きあと、五つになる男の子を秋田の生家に預けて、仕送りをつづけている。

権兵衛は離れに通ると、おくまを手招きして、にこやかに声をかけた。

「坊主は達者にしておるか」

「はい。おかげさまで、毎日、近くの川で泳いだり、魚釣りをしたりして遊んでいるそうでございますよ」

「おお、それはたのもしいのう」

権兵衛は巾着《きんちゃく》から小粒銀をいくつかつかみだし、紙に包んで渡してやった。

「すくないが、これを、坊主への仕送りの足しにでもしろ……」

「これはどうも、親方。……いつも、すみませんねぇ」

おくまは満面に愛想笑いをうかべて、紙包みを押しいただいた。

「音吉。おまえも、おくまとはひさしぶりだろう。ここはお栄にまかせて、せいぜいおくまと楽しんでこい」

「へ、へい……」

音吉がおくまとともに離れを出ていくと、権兵衛はお栄の手首をつかんで、ぐいと引き寄せるなり、手を襟《えり》ぐりにさしこんだ。

お栄はしなやかに腰をひねって、権兵衛の胸に頬をすり寄せていった。

権兵衛はお栄をあぐらのなかに抱えこむと、口を吸いつけつつ、片手でお栄の乳房をやわやわと揉《も》みしだいた。

お栄は口を吸われながら、片手で帯紐《おびひも》をせわしなく解いていった。

裾が割れて、お栄の白い足が切なげに畳のうえを這った。


——そのころ……。

おもんと小笹の二人が、離ればなれになって、天井裏の梁《はり》のうえで気息を殺し、それぞれが階下の権兵衛と音吉の気配に耳を傾けていた。

おもんは梁に膝を折りまげたまま、天井板に錐《きり》であけておいた一分ぐらいのちいさな穴から、階下のようすを瞳を凝《こ》らして見下ろしていた。

お栄は顔をのけぞらし、赤い腰巻の紐を解くと、白い足をおもうさまひらいて、権兵衛を受けいれ、ひしとしがみついていった。

小笹は五間あまり離れたおくまの部屋の天井板の穴から、階下の音吉とおくまの痴態《ちたい》を見下ろしていた。

第十章　鎬《しのぎ》を削る

一

——その日……。

朝から患者は一人もなく、神谷平蔵は無聊《ぶりよう》をかこちながら、俯《うつぶ》せになって枕を抱えこんだまま、裏庭の井戸端で甲斐甲斐《かいがい》しく襷《たすき》がけになって、洗濯をしている由紀の後ろ姿を眺めていた。

由紀は日々、湯屋の女将として化粧ひとつせず働いているせいか、腰や腿もきりりと引き締まっている。

日中、あまり陽光にあたらないため、由紀の肌身はぬけるように白い。

洗濯物を干しおえた由紀が、姉さまかぶりにした手ぬぐいをはずし、座敷にあがってきた。

ひっそりと平蔵の背後にまわると、肩を揉《も》みはじめた。

由紀の指は肩や、腰のツボを巧みに探りあて、しかも、よく透《とお》る。

「うむ、よう効く、効く……なにやら、ねむとうなってきたわ」

「ま……」

由紀はくすっと忍び笑いした。

「おう、もうよいぞ」

肩を揉んでいる由紀の手首をつかみとり、ぐいと引き寄せると、横抱きにして、あぐらのなかに抱えこんだ。

「い、いけませぬ……ま、まだ……外は明るうございますのに……」

「なに、すぐに暮れる……」

仰向けになった口を吸いつけると、とたんに由紀はぐたりとなって目を閉じた。

横抱きにした由紀の身八《み》つ口《くち》から掌《てのひら》をさしいれ、乳房をつかみしめた。

由紀の肌身は滑《なめ》らかで、掌に吸いついてくるような弾力にみちみちている。

「おかめ湯」は朝湯を浴びにくる職人でひとしきり混雑したあと、子連れの女房や娘たちで賑《にぎ》わい、夕刻には仕事をおえた職人たちが一日の疲れを癒《い》やそうとやってくる。

力仕事をする職人などは、よく汗をかくため、日に二度も三度も湯屋にきて汗を流す。

湯銭は大人で十五文ぐらいのものだったが、いちいち入浴銭を払うのではなく、［羽書《はがき》］と呼ばれている月極めの入浴札を割り引きで買っていた。

江戸では入浴札を持っている客のほとんどは職人か行商人で、朝と夕方の二度は湯を使いにくる常連である。

朝、起き抜けに湯に浸かり、夕方、仕事をおえると汗を流しに湯屋に来ては、一日の疲れを取る。

湯屋の二階は男たちのくつろぎ場所になっていて、将棋盤《しょうぎばん》や碁《ご》盤が置いてある。お茶は飲み放題で、煎餅《せんべい》などの駄菓子も売っていて、年寄りたちの恰好の暇つぶしの場にもなっている。

下町の湯屋は男女混浴になっていて、男は湯褌《ゆふんどし》のまま、女はたいがい赤い腰巻をつけたままで入浴する。

腰巻を湯に浸せばぴたりと肌に巻きついて躰の曲線があらわになる。

江戸でおなごの腰巻のことを湯文字《ゆもじ》と呼ぶのはそのためだろう。

田舎侍のなかには女の裸を眺めようとする者もいるが、そういう輩《やから》は［かっぺ］

と軽蔑《けいべつ》されて、たちまち追い出される。

浅草でも「おかめ湯」は老舗《しにせ》で、常連客の数でも屈指の湯屋になっている。湯屋の収入はなかなかのもので、生半可な商店よりはるかに上を行っており、主人は町内のまとめ役になる者も多い。

ただ、湯屋は幕府の許可制になっていて、金さえ出せばだれでもやれるというわけではなかった。

親友の伝八郎などは羨《うらや》んで、「流行《はや》らん医者などやめて、「おかめ湯」の主人に収まったほうがいいだろう」というが、平蔵は医者は実入りの多寡《たか》ではなかろうと一蹴《いっしゅう》している。

二

――四半刻（三十分）後……。

由紀は薄汗をにじませながら、半身を起こし、乱れた着衣をととのえると、片隅に置いてある姫鏡台に向かい、乱れた髪をととのえはじめた。

「太一は今でも、変わりなく手習い塾にきちんと通っておるのか……」

「ええ、いまは論語の素読《そどく》がおもしろいそうですわ」

「ふうむ……子曰《しのたまわ》くが、そんなに、おもしろいのかのう。おかしな坊主だな」

由紀はくすっと笑った。

「そのうち、平蔵さまにも聞いてもらいたいそうですよ」

「おい、いい加減《かげん》その平蔵さまはよさぬか。様づけで呼ばれると、なんとなく、他人事《ひとごと》のようで、そらぞらしく聞こえる」

「ま……」

「おまえさまとか、あなたとか。ほかにもっと、くだけた呼び方があるだろうが」

「え……」

由紀はくくくっと笑いをこらえた。

「でも、呼び方など、どうでもよいと思いますけれど……」

「ちっ……」

片腕をのばして、由紀の腕をつかんで引き寄せた。

そのとき、門口で「神谷どのは、ご在宅かな……」と訪《おとな》う野暮な声がした。

「は、はい……」

由紀が急いで裾前《すそまえ》を合わせ、立ち上がった。

三

その野暮な声の主は公儀の徒目付組頭《くみがしら》の味村武兵衛だった。

背後に、見るからに屈強な躰をした配下を二人従えている。

「おお、これは味村どの……」

「今朝、上様よりじきじきに漣一味の捕縛《ほばく》を命じられましたが、われわれは、すでに一味の塒《ねぐら》も突き止めてござる」

「ほう。ならば、火盗改の腕ききを引き連れて塒に乗り込めば、一味を一網打尽《いちもうだじん》にできますな」

「むろん、その手配りはしてござるが、なにせ、漣権兵衛は柳剛流の遣《つか》い手だということでしてな」

「ほう……柳剛流ですか」

平蔵は思わず険《けわ》しい目つきになって、眉をひそめた。

「どうやら柳剛流の剣士と立ち合われたことがおありのようですな」

「さよう……ただ一度きりでしたが、拍子ひとつ違えば、こっちが、命を落とすところでしたな」

平蔵の眉目が厳しくなった。

柳剛流の開祖である岡田惣右衛門は、武州葛飾郡《ぶしゆうかつしかごおり》の名家に生まれた郷士だったと聞いている。

惣右衛門は幼いころから武術を好み、心形刀流の大河原右膳《おおかわらうぜん》に剣を学んで、三和無敵流の皆伝を受けた武芸者だという。

三和無敵流は居合、杖術《じようじゆつ》、柔術、捕縄術《ほじようじゆつ》、薙刀《なぎなた》などを網羅《もうら》したものである。

戦国時代の鎧兜《よろいかぶと》に具足をつけて武装した武士の弱点は足にあった。

泰平の世となって面、胴、小手をつけて稽古《けいこ》をする剣士も、姿勢を低くして足を狙って攻撃してくる柳剛流は脅威となり、各流派とも臑打《すねう》ち対策に腐心した。

漣権兵衛が柳剛流の遣い手だと聞かされた平蔵が眉をひそめたのも当然だった。

かつて沖山甚之介《おきやまじんのすけ》という柳剛流の刺客と斬《き》り合ったことがある。

柳剛流の由来は［柔《じゆう》、よく剛を制す］を神髄《しんずい》とするところにある。

沖山甚之介と斬り合った時は、どっちが勝ってもおかしくないほどの凄絶《せいぜつ》な立ち合いだった。

しかし、とっさに片膝ついた半身の体勢から相手を斃《たお》したことを思い出した。

——剣は理よりも、経験が勝る。

平蔵の師、佐治一竿斎の口癖だった。

「その、漣権兵衛は手前が引きうけましょう」

「おお、神谷どのが手助けしていただけるとはありがたい」

味村武兵衛の顔が笑みほころびた。

「なにせ、この漣一味は手下も手練《てだ》れぞろいでしてな。京や大坂、長崎の町奉行所の同心は手も足も出なかったようです」

町奉行所の同心が相手にするのは博奕《ばくち》打ちや、盗人《ぬすっと》、破落戸《ごろつき》などがほとんどで、若い頃から剣術の修行を積んできた剣士を相手にすることは滅多にない。

いつもは、のほほんとした提灯鮟鱇《ちょうちんあんこう》みたいな味村武兵衛の顔が、いつになく厳しく引き締まって見える。

表で待っていた配下の黒鍬の者が、味村の指図を受けて駆けだしていった。

由紀が身支度をととのえてくれて、平蔵が皮足袋《かわたび》を履《は》いた足に草鞋《わらじ》をつけていると、伝八郎が貧乏徳利を手にやってきた。

「おい、平蔵。どうしたんだ。その恰好は……まるで喧嘩《けんか》支度じゃないか」

「そうよ。喧嘩も喧嘩、これから漣一味を成敗《せいばい》しに行くところだ」

「なにぃ、漣一味だと……いよいよだな」

「きさまも手伝え」

「おお、あたりまえよ。神谷平蔵が行くところ、常に矢部伝八郎ありきだ。置いてけぼりにされてたまるか！」

威勢よくわめくと、大刀をはずし、式台にどっかと腰をおろした。

「由紀どの。もう一足、草鞋を……」

いいさすまでもなく、由紀が新しい皮足袋と草鞋を伝八郎の足下に差し出した。

「お、こ、これは……」

かがみこむまでもなく、由紀が手早く伝八郎の足首をとって、皮足袋を履かせてくれた。

「お帰りをお待ちしております」

「う、うむ。しかし、ご心配なさることは何ひとつありませんぞ」

手持ちの貧乏徳利を上がり框《かまち》にどっかと置くと、由紀の肩をどんとたたいた。

「なんの、われら二人が行くところ、天下に敵なしでござる。はっはっはっ……」

呵々大笑《かかたいしょう》した伝八郎は、かつて現将軍吉宗公から拝領した大刀を左手につかみしめ、勢いよく腰をあげた。

四

広小路を抜けて右に折れたところで、小笹に出会った。

小笹は、徒目付の味村武兵衛にまず報告し、平蔵たちにも知らせようと走ってきたのである。

「獲物は永代橋、牡丹亭」

漣権兵衛と、音吉という一味の小頭が［牡丹亭］にいると聞いた平蔵と伝八郎は、すぐさま永代橋に向かった。

——そのころ……。

［牡丹亭］では異変が起こっていた。

天井裏から、権兵衛とお栄の痴態《ちたい》を見下ろしていたおもんは、何者かが廊下をばたばたと走ってくる気配に気づき、錐《きり》であけた小さな穴から目を離した。

——勘づかれたか。

小笹を走らせて平蔵に知らせに行かせ、おもんが残っていたのは、予想外の展開に備えるためだった。万が一、権兵衛らが平蔵らの襲来を前もって察知するようなことがあれば、取り逃がしてしまう。組頭の宮内庄兵衛が「一筋縄ではいかぬ」と忠告したのを受けて、おもんは、いつにも増して慎重に、幾重《いくえ》にも手段を用意していた。

足音は権兵衛とお栄がいる離れ部屋の外で止まり、手下らしき若い男の声がした。

「お頭っ」

その声は切迫し、うろたえているようにも聞こえた。

「なんだ」

権兵衛は、舐めまわしていたお栄の首筋から顔を離し、不機嫌さをあらわにして怒鳴った。

「その……一大事で」

「だから、なんだってんだ」

「女が逃げまして」

「なんだと！」

権兵衛は、いきりたって素っ裸のまま立ち上がり、座敷と廊下をへだてた障子を荒々しく開けた。

一物《いちもつ》はそそり立ったままである。

「どいつが逃げやがったんだ」

「へい、千代とかいう湊屋の娘で」

「なにぃ、てめえら何をぼやぼやしてやがったんだっ」

素っ裸で仁王《におう》立《だ》ちしている権兵衛を見上げるわけにもいかず、手下は両手をついて、いまにも消え入りそうに恐れ入った。

「面目《めんぼく》ありやせん……泣いているばかりでおとなしいもんだと思っていたんですが、御虎子《おまる》と溲瓶《しびん》を替えようとしたときに、いきなり逃げ出しやがって……そのまま甲板まで駆け上がって船から飛び下りやした」

「身を投げたってぇのかっ」

「すぐに船乗りどもが飛び込んで引き上げましたが、まだ息を吹き返しておりやせん」

「ばかやろう」

権兵衛は血相を変えて手下を睨《にら》みつけた。

天井裏のおもんは、彼らのやりとりを一言一句聞き漏らすまいと耳を澄ませた。

――船と言ったな。

千代とおみさが捕らわれているのは江戸市中のどこかだと思っていたが、船とは意外だった。しかし、足がつきやすい陸上にくらべて、船ならば人目にはつかない。女衒《ぜげん》との取り引きにも好都合だろう。

「女衒の辰《たつ》が金をもってくるのは今夜だろうが。死んだら三百五十両は水の泡だ」

――女衒の辰……たしか上方《かみがた》の元締めだったはず。

おもんは、記憶をたどっていた。

――上方か長崎へ船で運ぶのだな。とすれば千石船か。

おもんは、ふたたび穴からのぞいた。

身支度をととのえた権兵衛は、すがりつくお栄を突き飛ばすようにして廊下に出ていくところだった。

「すぐ三徳丸にもどる。音吉にも伝えろ」

権兵衛はここを立ち去ろうとしている。小笹を知らせに走らせて、まだそれほど時がたったわけではないが、平蔵たちが踏み込むころには、権兵衛と音吉は姿を消しているだろう。

おもんが念のために残っていなかったら、捕り物は、危うく失敗に終わるところだった。

――さんとくまる、か。

天下のお膝元、江戸には凄《すさ》まじい量の物資が船で運びこまれる。それらの船体にいちいち名が記してあるはずもなく、帆が張ってあれば船標《ふなじるし》で区別はつくだろうが、星の数ほどある船のなかから悪党の根城を探し出すのは至難のことだ。

――あとをつけるしかない。

権兵衛と音吉が［牡丹亭］を出たのを確かめると、おもんは尾行をはじめた。ときに物陰に隠れ、ときにはなにくわぬ顔で通りを歩く。気配を悟られないために細心の注意を払った。

そのとき、そばに近寄ってきた男がいた。同じ黒鍬の者だ。味村武兵衛の指示を受けて［牡丹亭］に駆けつけたのだ。おもんが外にいることで、異変に気づいたのだろう。

目立たぬように前後に並んで歩きながら、おもんがつぶやいた。

「動いた。船。三徳丸。取り引きは今宵《こよい》」

ささやきは千里を奔《はし》るという。ささやくよりも、低くつぶやいたほうが、周囲には聞こえづらい。もちろん、まわりにだれも歩いていないのを確かめた上だったが、おもんはあくまで慎重だった。

黒鍬の者は黙ったまま、うなずきもせず、その場を離れた。

前をいく権兵衛たちは足を早め、江戸橋《えどばし》を渡って日本橋《にほんばし》へ出ると、東海道をまっすぐ歩いていく。日本橋には船着き場がいくつもあるが、どうやらそのなかに紛《まぎ》れているわけではないようだ。

――まっすぐいけば、品川。

おもんは、目星をつけた。

五

「おおい、待ってくれ」

永代橋に向かっていた平蔵と伝八郎は、後ろから追いかけてきた味村武兵衛の大声に立ち止まった。

「味村どの、いかがなされた」

徒目付の味村武兵衛は、膝に手をついて息をととのえている。

「さきほど……おもんからつなぎが入った」

「すると」

平蔵は、事態を察した。

「権兵衛のやつら、逃げたのですな」

「さよう、というより何か予期せぬことが起こったようじゃ」

味村武兵衛は、唾《つば》を呑みこみながら大刀の柄頭《つかがしら》に両手を置き、身を起こした。

「漣権兵衛は娘らを船に隠しているようす。船の名は三徳丸。やつらはそこに向かっているようでござる。おもんがあとをつけておるゆえ、まもなく居所もわかるであろう」

「ふうむ。それはかえって好都合ですな」

平蔵がにやりと笑った。

「そうかな。船ごと逃げてしまうつもりじゃないか」

伝八郎が口をはさんだが、平蔵は気にもとめず腕を組んだ。

「女衒との取り引きはまだ終わっておらぬはず。権兵衛が気を許して遊びに出たということは、娘の引き渡しは、おそらく今夜あたりであろうよ」

伝八郎が、なるほどといった顔でうなずいた。

「うむ、おもんからのつなぎによれば、たしかに今宵、娘たちを女衒に引き渡すらしい」

味村がそう言うと、伝八郎も納得した。

「そうか。さすれば女衒どもも一網打尽にできるな。いま踏み込むのは簡単だが、ついでに女衒もこらしめねばなるまい。神谷、腕の見せどころだな。千代とおみさには、いましばらく辛抱してもらおう」

伝八郎がいきりたった。

「なにせ、こたびの捕り物は、上様直々《じきじき》の御下命ですからな。漣一味と女衒どもを根絶やしにすれば、上様の覚えめでたきは必定。頼みますぞ」

味村のどんぐり眼《まなこ》がぎょろりと光った。

「承知つかまつった、といきたいところだが、味村どの、ことは容易ではござらんぞ。相手は柳剛流の手練れ、権兵衛だけではない。ご承知のように、京や大坂、長崎の町奉行同心が束になってもかなわなかった相手。漣一味がこれまで捕り方の網をかいくぐってきたからには、手下どもも手強《てごわ》い」

平蔵が釘をさした。

「たしかに」

味村はそう言って眉根を寄せた。

「手下どもの相手は、おれにまかせておけ。おぬしは権兵衛だけに狙いをつければいいさ」

伝八郎が気負いこんだ。

「いや伝八郎、そうもいかん。船のなかでの立ち回りとなれば、紛れもある。逃げるやつはかならずいるから、備えが必要だ。なにしろ、今宵は新月だからな」

「うむ。月明かりが望めないとなれば……」

味村は苦渋《くじゆう》の声を絞り出した。

「黒鍬組はもちろん、町方、火盗改総出でことにあたる必要があるな」

町方には頼らないと強がっていた味村だが、将軍吉宗直々の下命だけに、意地を張っている場合ではないと悟ったようだ。

そこに、黒鍬の者がひとり、走り寄ってきた。おもんが三徳丸を見つけ、知らせてきたのだ。黒鍬組の伝達網にぬかりはない。

「そうか、品川だな。宵闇まで間があるが、手筈《てはず》をととのえるには、いくら時があっても足らぬ。では、御免」

味村は一礼して立ち去った。

平蔵と伝八郎は、顔を見合わせた。

「どうする、神谷」

「そうさなあ……喧嘩支度で勇んで出かけた手前、もどって飲み直すのも決まりが悪い。品川に向かうか」

「うむ」

二人は肩を並べて歩きだした。

六

平蔵と伝八郎は、東海道を南へ歩いた。

三田《みた》を過ぎて高輪《たかなわ》のあたりまでくると、小高い丘が連続し、東側に広がる品川の海が絶景である。

さほど遠くない沖合には、千石船が数多《あまた》停泊している。

「お千代やおみさは、あのどれかに捕らわれているのだろうか」

伝八郎は船の数の多さに呆然《ぼうぜん》としている。

品川は東海道最初の宿場町であり、江戸の玄関口であるが、陸路だけでなく海路の交通においても要衝《ようしょう》だった。上方からの船は、まず品川湊《みなと》に停泊し、積み荷を荷足船《にたりぶね》などに移して江戸市中の河岸《かし》に運んだ。江戸湾は荒川《あらかわ》や大川から流れ込む土砂のため遠浅で、菱垣廻船などの大型船は航行できないのである。水路はあったが、川からの流れが強く、操船はきわめてむずかしい。そのために小舟に積み替えるのである。

上方の商人や船乗りが上陸し、積み替えの人足たちも往来したため、品川宿の賑《にぎ》わいは五街道随一といってもよかった。

「おもんが探っているのだ。まもなくわかるだろう」

「うむ」

「ところで、どうする。せっかく品川までできたのだし」

「たしかに、小腹もすいたな」

品川宿は、幕府非公認の遊郭、岡場所としても知られている。飯盛旅籠《めしもりはたご》には給仕の名目で囲われた飯盛女がいて、男を相手に客をとっていた。

「おもんがつなぎを入れてくるまで待って、あとは飯盛旅籠で一杯やりながら策を練るとするか」

「そうだな」

高輪には大木戸があった。五代将軍綱吉《つなよし》のころ、街道の左右に石垣を築き、木戸を設けて高札場とした。ゆえに大木戸のあたりは「札之辻《ふだのつじ》」ともよばれる。

大木戸を通ったところで、おもんが待っていた。

平蔵は目配せをして路地へ呼び込んだ。

「どうだ、わかったか」

おもんがうなずいた。

「三徳丸はたしかに品川湊に泊まっております。さきほど権兵衛一味が猪牙舟《ちょきぶね》で乗り移るのを見ました」

「そうか、見つけたのだな」

「神谷さまと矢部さまには、月の岬《つきのみさき》にあるわれらの隠れ家でお待ちいただくようにいわれております」

「月の岬とは風流だな」

高輪は「二十六夜待ち」の名所でもあった。七月二十六日の夜、月の出にあわせて三尊仏《さんぞんぶつ》の影向《ようごう》を拝む俗信である。月の岬は高台になっていて、眼下には品川湊が広がり、観月の名所だった。七月二十六日には、大木戸から東海道八ツ山《やつやま》までが人の群れで埋まったという。

しかし、今宵は新月だから、名月を楽しむわけにはいかない。

「月の岬の隠れ家は伊皿子坂《いさらござか》の手前で、湊がよくみえます」

「伊皿子坂……」

平蔵は、その坂の名をひさしぶりに聞いた気がした。

吉宗が将軍になる前、諸岡湛庵《もろおかたんあん》の陰謀により命を狙われたとき、それを伝八郎らとともに阻止したのは、伊皿子坂でのことだった。そのとき、吉宗から仕官しないかと誘われたが、平蔵は固辞した。

その数年後、平蔵は諸岡湛庵一味に襲われた吉宗をふたたび救っている。

「飯盛旅籠は、またの機会とするか」

平蔵は、伝八郎の背中を、どんとたたいた。伝八郎の残念そうな顔に苦笑したが、そのとき、おもんが、めずらしく露骨に嫌な顔をしたのには気がつかなかった。

七

三徳丸では、漣権兵衛が怒り狂っていた。

海に飛び込んだ千代は、さいわい息はあったが、まだ意識はもどっていない。女衒に売り渡す大事な商品がおしゃかになりかけているのだ。

「おい、嘉助。てめえ、おれが言ったことは忘れちゃいるまいな」

権兵衛は、大船頭の嘉助を睨《にら》みつけた。

「傷物にしたら、命はもらう。そう言ったはずだ」

権兵衛の殺気を帯びた声音《こわね》に、嘉助はひるむことなく仁王立ちになり、腕を組んだ。

「ああ、覚えておりますとも。だが、漣の親分。こりゃ、あんたの手下の不始末ですぜ」

荒波と多くの修羅場《しゅらば》をくぐり、赤銅色《しゃくどういろ》に日焼けした大船頭は、肝《きも》の据わった声で応じた。

「おう」

嘉助が目配せすると、船乗り数人がひとりの若い男を引っ立ててきた。権兵衛の手下である。

「いつもは、うちの若いのが御虎子やら溲瓶を取り替えるんだが、こいつは、おれにやらせてくれと、頼みこんできやがりましてね。うちの若いのもなにかと忙しいんで、じゃあ頼むよと任せたんだが、魂胆《こんたん》はみえみえだ。あのお千代とかいう生娘《きむすめ》がしょんべん垂れるところを拝もうと、にたにた笑いながら船底に降りていったってぇわけでございます」

嘉助の弁明を聞きながら、権兵衛は俯《うつぶ》せに押さえ込まれた若い手下を睨みつけた。

「それだけならまだしも、こいつぁ手を出そうとしたんで」

「ちがう、手は出してねぇ」

「あの娘も、火事場の馬鹿力か知らねぇが、すんでのところで、こいつの金玉を蹴り上げて逃げ出したと、こういうわけでしてね」

「ちがう」

若い手下は必死に訴えた。権兵衛は口をひんまげて音吉のほうを見た。

「まちがいねぇようです」

音吉は、吐き捨てるように言った。

権兵衛の憤怒《ふんぬ》は、次第に青白く冷徹な炎に変わっていった。

「おい」

音吉に目配せすると、音吉はうなずき、まわりの手下に向かって指図した。

「簀巻《すま》きにして放り込め」

若い男を押さえ込んでいた船乗りたちが離れ、代わって漣一味の連中が怒号を浴びせながら蹴りを食らわせはじめた。

「やめてくれっ」

声にならない悲鳴をあげながら、若い手下は引っ立てられていった。

しばらくして、なにか重いものが海に投げ込まれる音がした。


大船頭の嘉助は、満足そうに権兵衛へと目を向けた。

博奕《ばくち》で二百三十両もの借金をつくり、娘を女衒に売り渡す寸前で権兵衛から声をかけられたのは三年前のことである。借金を肩代わりしてもらう見返りに、菱垣廻船の三徳丸をつかって堺や長崎を往復し、拉致《らち》した娘たちを運ぶ稼業を続けてきた。もちろん、危ない橋であることは承知していたし、それに見合う報酬も得ている。

しかし、嘉助の胸のうちには、わだかまりが渦巻いていた。

――たしかに借金の肩代わりはありがたかった。だが、いつまでこんな阿漕《あこぎ》な仕事を続けなければならないのか。借金二百三十両分の借りはすでに返したはずだ。なにしろ、娘ひとりで三百五十両もの大金がやつの懐《ふところ》に入るのだからな。十分すぎるほど、見返りは果たしているじゃねぇか。娘を傷物にしたら殺すだと。おれはてめぇの子分になった覚えはねぇ。

菱垣廻船といえば板子《いたご》一枚下は地獄の稼業である。

――盗賊の稼ぎを助けるために命をはるのは、そろそろ終わりにしようではないか。

嘉助はそう考えはじめていた。きっかけさえあれば、権兵衛と手を切りたい。いまが、そのきっかけのような気がした。

「どうした、嘉助」

嘉助の思惑を見透かすかのように、権兵衛が鋭い視線を向けた。

「なぁ、漣の親分。落とし前はもう済んでるんじゃねぇか」

「なんのことだ」

「もう三年だよなぁ」

「………」

「おれも十分に働いた、そう思わねぇかい」

「手を切りたいということか」

権兵衛の目が、すっと細くなった。

「いま積んでる荷は運んでやる。ただし、それが最後だ」

組んでいた腕をほどき、嘉助が一歩踏み出した瞬間、権兵衛は躰を沈め、抜く手も見せず大刀を払った。嘉助の左脚の臑から下が斬り落とされ、棍棒《こんぼう》のように転がった。

「ぎゃっ」

嘉助は悲鳴をあげて、どっと倒れた。充血した目は恐怖と痛みで見開かれたままである。

「手を切るのは、てめえが死ぬときだ」

権兵衛は大刀をひと振りして血を払い、鞘《さや》に納めると、遠巻きに見ている船乗りたちを一喝《いっかつ》した。

「さっさと血止めしないか。大船頭が死んじまえばてめえらも用なしになるぜ」

船乗りたちは震え上がり、嘉助のもとに駆け寄った。

柳剛流は、臑打ちを特徴としている。たれ下がった柳の枝が風にあおられるように、大刀が鞭《むち》のごとく鞘走り、相手の臑を断つ。はじめに防御しにくい臑を狙うことで、相手の動きを止め、二の太刀を打ち込むのだ。

若いころには武士として柳剛流を修行した権兵衛だったが、盗賊の道に転じて以降、その太刀筋は衰えるどころか凄《すご》みを増していった。型にはまった武士の剣術ではなく、盗賊の実戦的な剣として、柳剛流を独自の流儀で昇華《しょうか》させてきたのである。京や大坂、長崎の同心たちが、束になっても権兵衛にかなわなかったのは、「盗賊の剣」が武士の剣術家の想像を超えていたからだった。

権兵衛は、もう一度船乗りたちに睨みをきかせると、帆柱のそばにしつらえられた屋形に入っていった。

終　章　品川湊《しながわみなと》の戦い

一

夜の海をおびただしい船が静かに渡っていく。味村武兵衛が手配した捕り方が乗った船だった。

息をすることとさえ憚《はばか》られるかのような緊張が漂う。

もちろん提灯《ちょうちん》に明かりは灯《とも》していない。

新月の海上は空も水面《みなも》も真っ暗だが、完全な闇というわけではなかった。いくつかの菱垣廻船が篝火《かがりび》を焚《た》いていたり、船内の明かりがわずかに漏れていたりする。

それにもまして、品川宿の飯盛旅籠《めしもりはたご》や茶屋が灯している明かりが、かすかではあったが海上まで届いていた。篝火の明かりが海面に細く映っているので、点々と停泊している船がどの程度の距離にあるかはわかった。

大潮だけに満ち潮の流れが速い。捕り方の船は艫《とも》にひとり、その左右前方にひとりずつ漕《こ》ぎ手を配した三丁櫓《さんちょうろ》だった。速度は猪牙舟《ちょきぶね》を上回る。しかし、まるで川のようにうねる満ち潮にさからって進む速さはいっこうにあがらない。それでも、捕り方の船はゆっくり確実に、三徳丸を包囲しはじめていた。

女衒《ぜげん》の目印にするためか、三徳丸も篝火を焚いており、見失う心配はなかった。京や長崎で捕り方を手玉にとってきた権兵衛の自信が、ここでは裏目に出た。

先頭をいく船には、おもんが乗っていた。三徳丸の特徴や船標《ふなじるし》をもっとも把握《はあく》しているのは、この黒鍬組の女忍《にょにん》である。そのうしろに徒目付の味村武兵衛が息を殺して前方を見つめ、脇には平蔵と伝八郎があぐらをかいて座っていた。

三徳丸に乗り込む支度をととのえている最中、平蔵がある懸念《けねん》を伝八郎に伝えていた。

「新月の闇にまぎれて逃げられたら厄介だな」

その懸念に味村が答えた。

「そのための備えは万全でござる。町方や火盗改の水ももらさぬ囲みを逃れるすべはない」

「なるほど。女衒どもはまず金を渡すために、かならず三徳丸に乗り移る。その好機をとらえればよいのだな」

伝八郎がおおきくうなずいた。

「菱垣廻船は足が遅い。今宵は風も弱いから、やつらが逃れるとすれば猪牙舟であろう」

平蔵は確信をもって言った。

「そのあたりもぬかりはござらぬ。こちらはすべて三丁櫓。どこまでも追いかけてみせますぞ」

味村武兵衛の視線の先には、五十隻を超えようかという捕り方の船があった。三徳丸の船乗りたちは雇われだから、さして抵抗はしないはずだ。漣一味と女衒どもはあわせて二十人前後とみられていた。あまり大人数が乗り込んでも船上では身動きがとれなくなる。

そのため平蔵は、三徳丸に乗り込む捕り方は最小限にとどめ、まず自分と伝八郎が斬《き》り込もうと提案した。そして、おもん、小笹ら黒鍬組が援護にまわり、ある程度制圧したのちに、捕り方が大挙乗り込むという寸法である。

夜の品川沖は、相変わらず静かだった。

平蔵が前方を凝視していると、提灯を掲げた船が一艘《そう》、三徳丸に近づいていくのがわかった。さほど大きな船ではない。

「む」

味村が思わず声をあげ、自分で口をふさいだ。

提灯が上下に三度動く。合図を送っているのだ。

提灯のわずかな明かりに照らされて、女衒と手下の影が三徳丸に乗り移るのが見えた。

――女衒どもだな。

平蔵は、味村に向かって無言でうなずいた。

――獲物はそろった。

三徳丸の船上で何人かの人影が動いている。

ときおり聞こえる掛け声からして、女衒の船から千両箱を引き上げているのだろう。

金を受け取ったら、一味は翌朝の干潮を待って、娘たちを乗せたまま上方《かみがた》へ向かうはずだ。

三徳丸の船上の動きは次第におさまり、ふたたび静寂があたりを包んだ。

捕り方の船が三徳丸を取り囲む。まだ気づかれてはいないようだ。篝火に照らされた見張りの姿がある。

おもんが、卍《まんじ》形の鉄片、投げ爪を懐《ふところ》からとりだして構えた。

二

「お見えになりやした」

手下が女衒を招き入れた。

「おう、辰五郎《たつごろう》の親方、先だっては手間をとらせたねぇ」

三徳丸に乗り移った女衒は、帆柱の前にある大船頭用の屋形に入った。権兵衛が辰五郎とよんだ男は、［女衒の辰］の二つ名で、その筋では上方ばかりか江戸でも知られている女衒の元締めである。

大船頭の嘉助は権兵衛に足を斬られたため、船の最後部にある屋形で手当てをうけていた。

権兵衛はあぐらをかいて酒を飲んでいるところだった。千代の一件をどう伝えたものか考えながら、権兵衛は杯を飲みほして立ち上がった。

「なあに、今度のはなかなか上玉揃いやから、ええ商いができるちゅうもんや」

先日の競《せ》り市は上方の客ばかりであり、「女衒の辰」こと辰五郎も堺を根城にしている。

「金はいま、手下が運び上げているところだす」

黙ってうなずいた権兵衛は、屋形にいた一味の手下たちに目で合図し、外に出るよううながした。そのうえで権兵衛は切り出した。

「ところで、相談があるんだが」

「なんだい、漣の」

「例の手つかずの娘なんだが」

「ああ、湊屋の千代とかいう娘か。あれはもう買い手がついとる。長崎の、商館《カピタ》長《ン》筋や」

権兵衛は、つとめて冷静を装い、

「そいつぁよかった」

と言いながら辰五郎に耳打ちした。

「実は、いささか手違いがあってね」

とたんに女衒の目つきが変わった。

「なんだい、そりゃ」

「病もちだったようで、寝こんじまったんだよ」

まさか逃げられて溺《おぼ》れたなどとは言えない。

辰五郎は権兵衛を下から上へと舐めるような目で見た。

「へぇ」

女衒には、口減らしのために娘を売る親を探して農村をまわる者もいれば、この男のように、拐《かどわ》かし専門の者もいる。盗賊とは同じ穴のむじなだけに、下手《したて》に出るような真似はしない。

「話がちがうやろ。傷物じゃねぇから三百五十両も出すんだ。病もちが売り物になりますかいな」

「まあ、まってくれ。病といっても、すぐに治る質《たち》のやつだ」

「だれの診立《みた》てでおます」

「知り合いの医者に診てもらったのさ。滋養をつければ治るとよ」

もちろんはったりだが、この程度のことで動揺を見せるような権兵衛ではなかった。

「あてになりませんな」

辰五郎は不機嫌をあらわにして腕を組んだ。

「じゃあ、見てみるかい」

権兵衛は辰五郎を伴って船底に降りた。

手下が船行灯《ふなあんどん》を差し出す。船行灯とは、揺れる船内でも手元の明かりがとれるように工夫された小ぶりの手持ち行灯である。

暗い船底に船行灯の明かりがひろがり、菰《こも》がけの積み荷の谷間に拐かされた女たちが肩を寄せるように座り込んでいるさまが浮かび上がった。

拐かされた女たちのなかには、おみさもいた。

最初は千代とともに土蔵に押し込められていたおみさは、その後、権兵衛の情婦として隠れ家に移されていたが、この日の夕刻前、突然、権兵衛からの呼び出しを受けた。もはや権兵衛の言いなりになっていたおみさは、なにも知らされないまま、品川から猪牙舟に乗せられて三徳丸に向かった。船に乗り移らされた途端、当て身を食らわされ、縛られたうえで船底に放り込まれたのである。

おみさは、隠れ家に囲われ、権兵衛の情婦にされるとわかったときには、覚悟を決めていた。

──それならそれでいい。

戻ろうとしても、もう戻れないと悟ったとき、故郷の風景や祭り太鼓《だいこ》の音、清吉との思い出、江戸に出てからの湊屋での暮らしと若旦那との逢瀬《おうせ》。それらをすべてを消し去ろうと思った。湊屋奉公で貯めた金で小間物屋か赤提灯の飲み屋を開く、などという夢はみんな捨ててしまうのだ。盗賊の情婦ではあっても、廓《くるわ》に売り飛ばされ、毎日ちがう客をとらされるよりは、まだましだ。そう考えれば、ちがう景色が見えてくるかもしれない。

「どうせ抱かれるなら、強い男に抱かれなくっちゃ、とどのつまり泣きを見るからね」

土蔵に押し込められていたとき躰を洗ってくれた、おとく婆さんのささやきが、脳裏によみがえった。

しかし、いまや運命はまたも急転した。船に乗せられたのなら、千代と同じ境遇に突き落とされるということなのだろう。地獄の釜の蓋《ふた》がふたたび開いたのである。権兵衛の手下は「見た目よりも、なかなか肝《きも》の太いおなご」と言っていたが、一度固めた覚悟が、こうもあっさりと反故《ほご》にされては、おみさの心中が穏やかであるはずがない。

一度ゆるんだ糸は、もう一度引っ張られれば切れやすいものだ。

おみさの瞳には、渦巻くようなどうしようもない恐怖と絶望が映し出されていた。

「こっちだよ」

船行灯の明かりが、板囲いを照らす。生娘《きむすめ》を入れておくために設《しつら》えたものだが、あくまで形ばかりなので、まるで家畜の柵《さく》のようでもある。

千代はそのなかに転がっていた。

海水に濡れた着物はすでに脱がされ、搔巻《かいまき》がかけられている。髪はまだ乾ききっていないようだった。

「ちょっと弱ってはいるが、ほれ、汗をかいているだろう。汗をかいて寝ていれば治るそうだ」

「むう」

辰五郎は、納得しがたいようすだった。暗い船底では、濡れた髪を汗だといわれてもわからない。ただ、目の前に転がっているせっかくの商品が、台無しになりかけているのは事実だった。

「まさか病になるとは思わなかったんでなぁ、こっちが責めを負う筋じゃねぇんだが……」

辰五郎の不満を見透かしたかのように、権兵衛が持ちかけた。

「あんたも先方に話がしにくいだろうから、あの女をつけてやるよ」

権兵衛が指さしたのは、おみさだった。

「ほう」

辰五郎は、興味深そうに近寄っていった。

「こりゃ上玉や」

「今朝、仕込んだばかりでね」

これもはったりである。

「おれの目利きだと、こいつはかなりの好き者だぜ」

「へへっ、たしかにこいつだけでも二百両はつけるかもしれまへんな。ほんまにええんでっか」

「ああ、生娘とこいつと、〆《しめ》て三百五十両ぽっきりだ」

「よし、のった」

辰五郎は掌《てのひら》を拳《こぶし》でたたいておどけた。

権兵衛にしてみれば、得にはならない取り引きである。しかし、手下の不始末でけちがついてしまえば、噂《うわさ》はすぐにひろまる。

「漣権兵衛も衰えたもんだ。手下の束ねもできないとはねぇ」

そんな噂が同業の者たちの口にのぼれば、それこそ示しがつかなくなる。背に腹はかえられない。おみさはいい女だが、代わりはいくらでもいる。

権兵衛は、おみさを見下ろした。

おみさは、すがるように目を宙に泳がせた。

しかし、権兵衛はなんの感情も抱かず、目をそらした。

おみさは、あまりの絶望に泣き叫ぶこともできず、ただ、「ああ、ああ」と声をあげつづけた。懸命に、心の糸がちぎれないように抵抗しているかのようだった。

三

おもんの投げ爪が、音もなく見張りの喉を切り裂いた。

鉤《かぎ》つきの縄梯子《なわばしご》が船縁《ふなべり》にかけられ、捕り方がよじのぼる。先頭は平蔵と伝八郎だ。もし気づかれたら斬り倒すつもりだった。

平蔵と伝八郎はたがいにうなずき、抜刀した。

見張りは、もう二人いたが、一人はおもんが投げ爪で倒し、もう一人は反対側からよじのぼってきた小笹が小太刀で倒していた。

味村武兵衛が乗船を指示した捕り方は十五名で、数人が龕灯《がんどう》を持っていた。龕灯は［強盗提灯］ともいって、釣《つ》り鐘《がね》形をした錫《すず》製の照明であり、激しく動かしても蠟燭《ろうそく》が消えない仕掛けがしてある。ふつうの捕り物提灯とちがい、思うままに相手を照らすことができた。

一人が隠し持っていた火縄の火がそれぞれの付け木に移され、龕灯の蠟燭が炎をあげた。あたりに、付け木の硫黄《いおう》の臭いが充満したものの、ゆるやかな夜の潮風ですぐに消えた。残りの捕り方は刺股《さすまた》や突棒《つくぼう》を構えている。

龕灯の明かりが、屋形と、船底へ通じる穴を照らしだした。

平蔵と伝八郎は、足を忍ばせて屋形に近づいた。

まだ、気づかれてはいないようだ。

屋形には人の気配があり、ときおり上方訛《なま》りの声や数人の笑い声がする。取り引きが終わって、酒を飲んでいるのだろう。

平蔵が伝八郎に目配せした。

伝八郎は、屋形の引き戸に手をかけ、一気に開けた。

「悪党ども、観念しろ！」

二人は同時に飛び込んだ。

一瞬あっけにとられた手下どもだったが、すぐに得物《えもの》を手にとり、平蔵に襲いかかった。

平蔵は愛刀であるソボロ助広《すけひろ》を一閃《いっせん》し、無謀な打ち込みをはかった手下の胴を払った。

「死にたいやつはかかってこい！」

平蔵の一喝《いっかつ》に、小刀を構えていた女衒の辰こと辰五郎は、へなへなと崩れ落ちた。

屋形の外に逃げ出した手下どもが、つぎつぎと捕り方に取り押さえられていく。

「権兵衛はどこだ」

平蔵は、屋形のなかに、それらしい男がいないのに気づいていた。

「船底か」

平蔵と伝八郎が屋形を飛び出すと、黒い影が帆柱の脇を素早く抜けていくのが見えた。

「篝火を消せ！」

黒い影が叫んだ。

捕り方と乱闘していた手下どもは、刀を振りまわし、大声をあげながら篝火に突進すると、つぎつぎと海に投げ込んでいく。

「ひいっ」

その悲鳴は、刺股で手下を押さえ込んでいた捕り方のものだった。黒い影が臑《すね》を斬り払ったのだ。

「やつだ！」

平蔵は、黒い影のあとを追った。しかし、すべての篝火が海中に投じられ、龕灯を構えた捕り方は、黒い影によってばたばたと倒されていく。混乱のなかで悲鳴が交錯した。

縄梯子をのぼってきた新手の捕り方は、首を出した瞬間、黒い影に薙《な》ぎはらわれ、喉を切られて転落した。黒い影は、すぐさま反対側の船縁に走り、新手の捕り方が乗り込んでくるそばから臑を斬っていく。

素早い身のこなしでつぎつぎと捕り方に襲いかかっていく黒い影、漣権兵衛は凶暴な野獣と化していた。まるで狼《おおかみ》だった。

「漣権兵衛！」

平蔵がじりじりと権兵衛に近づいていく。しかし、明かりが消えたため、うかつには動けない。

そのとき、一筋の炎が帆柱に走った。

おもんが、火車剣《かしゃけん》とよばれる、煙硝《えんしょう》を仕込んだ手裏剣を投げたのである。小笹もそれに続けて火車剣を放つ。火車剣は手下どもの手の届かない高さに突き刺さり、帆柱は巨大な行灯と化した。

「でかした」

平蔵は、血刀をさげて帆柱を見上げる権兵衛の姿を認めると、間合いをとり、青眼《せいがん》に構えた。

「漣権兵衛だな」

権兵衛は、不敵な笑みを浮かべ、袖《そで》で刀の血をぬぐうと、鞘におさめた。

権兵衛の動きが止まり、捕り方がつぎつぎと乗船してくる。手下どもの抵抗ももはや無力だった。

「船底だ、女たちは船底にいるぞ！」

伝八郎が捕り方を引き連れて船底に降りていく。手下が何人か残っていたようだが、船底へ降りる穴から伝八郎の怒号がしたかと思うと、短い断末魔《だんまつま》のうめき声がいくつか湧きあがり、やがて階段を下る足音のみが響いた。

平蔵は、青眼に構えたまま、ゆっくりと権兵衛との間合いを詰めていく。

やや離れたところに停泊していた女衒の船にも捕り方が乗り込み、その騒ぎが潮風に乗ってかすかに聞こえてくる。

「悪党、もうおしまいだ」

平蔵は構えを崩さず、さらにじりっと権兵衛に迫った。

見たところ、権兵衛は観念したかのようだった。

権兵衛の刀は鞘におさまっていた。だが、柳剛流には居合術もあるから油断はできない。

「まったく、おれとしたことが、ぬかったぜ」

権兵衛は自嘲《じちょう》ぎみにつぶやいた。平蔵がはじめて聞く権兵衛の声は、嗄《しゃが》れてはいたが、けっして動揺からくるものではないようだった。

おもんが放った火車剣の火が尽きかけている。

捕り方たちは、龕灯や提灯を掲げて船上にひしめいていたが、火車剣の火が燃え尽きると、上方から権兵衛を照らしていた明かりが一瞬途絶えた。

権兵衛はその機会を逃さなかった。

ふたたび黒い影と化した権兵衛は身を翻《ひるがえ》し、海へ飛び込んだ。

「しまった！」

平蔵は船縁に駆け寄った。

捕り方たちの船は三徳丸を取り囲んでいたが、権兵衛は囲みの手薄な沖側に飛び込んだのだ。しかも、すぐに潜ったようで、龕灯や提灯の明かりでは姿がとらえきれない。

「どうした」

伝八郎が駆け寄ってきた。

「やつめ、観念したとみせかけて飛び込みやがった」

「むう」

伝八郎は、暗い海面を悔《くや》しげにのぞきこんだ。

「やつは、飛び込む前に、鞘の下《さ》げ緒《お》をほどいていやがった。おそらく、いまごろは刀をしょって泳いでいるんだろう」

平蔵は、ソボロ助広を鞘におさめ、船縁を拳でたたいて悔しがった。

「神谷さま、こちらへ」

おもんが、反対側の船縁から声をかけてきた。

「おもん、どうした」

目の前には暗く沈んだ品川の海があり、遠くに宿場の灯が見える。

「あちらをごらんください」

おもんが指さした方向に、なにやら青白い点のような光がゆらめいている。

「こんなこともあろうかと、乱闘のさなか、権兵衛の背に印をつけておきました」

おもんがつけた印は、［夜光丸《やこうがん》］であった。夜光虫を練り固め、秘伝の調合をくわえたものである。夜光丸は親指の先ほどの大きさだが、ゆるく練ってあるため、当たると飛び散り、水に濡れれば光を発する。黒鍬の者の技だった。

「でかした、おもん」

権兵衛の所在を示す青白い光は、ゆらめきながら岸に向かっていた。

平蔵は、下で待ち構えている味村武兵衛の船に飛び乗った。

四

満ち潮のおかげで、権兵衛は悠々《ゆうゆう》と品川の浜にたどりついた。

背中にくくりつけていた大刀をはずして腰におさめ、一息つく。

――やれやれ、ずぶぬれだ。

権兵衛の生国《しょうごく》は四国の阿波であり、先祖は鳴門の荒海に小舟で乗りだす漁師だ。おだやかな品川の海を泳ぎ渡るなど造作もないことだった。権兵衛は両袖にしみこんだ海水を絞り、掌で、ぱんとたたくと、なにくわぬ顔で歩きだした。

そのとき、いっせいに御用提灯が権兵衛を照らしだした。いつのまにか、権兵衛の両脇を捕り方が固めていたのである。

「ずいぶんと、手まわしがいいじゃねぇか」

権兵衛は、腰に差した大刀の柄頭《つかがしら》を握りしめた。これまで、京や大坂、堺の小役人を翻弄《ほんろう》してきた自信に揺らぎはない。江戸の捕り方など眼中にないといった態度だった。

「漣権兵衛、年貢《ねんぐ》のおさめどきだ」

平蔵は、捕り方の列から一歩前に踏み出た。

「てめぇ、なにものだ」

「神谷平蔵」

「知らねぇなぁ」

権兵衛は、すっと腰を落とし、大刀を握って鯉口《こいぐち》を切った。

たちまち殺気が襲ってくる。

平蔵は権兵衛の威圧を感じた。相当な手練《てだ》れだ。かつて斬り結んだ柳剛流の遣《つか》い手、沖山甚之介に匹敵《ひってき》するかもしれない。いや、沖山甚之介は刺客《しかく》とはいえ、やはり武士である。三徳丸の船上で権兵衛がふるっていたのは、武士の剣ではなく盗賊の剣だった。

平蔵は、狼のごとく獲物を倒していく権兵衛の太刀筋に、武士の剣にはない、はかりしれない邪気が含まれているような気がした。

「あいにくだが、おめぇにおれは倒せないぜ」

権兵衛の嗄れた声は、野獣があげる唸《うな》りのようなものに変わっていた。

狼を倒すには、みずからも野獣にならねばならぬ。

――［風花《かざばな》ノ剣］にかけるしかない。

平蔵は、愛刀ソボロ助広を抜き、そのままだらりと右下段におろした。

義父曲官兵衛《まがりかんべえ》直伝の［風花ノ剣］は、人が人であることを捨て、獣に立ち返って非常のときに立ち向かう剣である。

平蔵は、［風花ノ剣］を義父から伝授されたときのことを、まざまざと思い起こしていた。

耳の奥に、暗い道場で流れた官兵衛の声がよみがえる。

「雨や雪、嵐といえども避けることはできぬ。非常のときに人は惑う。とっさのときに瞬時に躰が動かぬ。天変地異に人はもろい。獣の本能を失《うしの》うてしもうたからの」

抑揚のない淡々とした声ながら、官兵衛の言葉には迷いがなかった。

「山野の鳥や獣は嵐の襲来を察知し、身をひそめる。地震をも予知し、迷うことなく、いっせいに逃れる。人は非常のとき、ただ立ちすくみ、うろたえる。……まず、頭で考える癖がしみついているからとしか言えぬ」

平蔵にとって、いまこそ非常のときである。

「人は見る、聴く、嗅ぐ、触れる、味わうという五感のほかに、本来もうひとつ、無心のうちに感知するという本能をもっておる。山野の鳥獣にもそれはある。人は安逸《あんいつ》のうちにそれを失うてしもうた。その本能をとりもどすことこそが風花の真髄《しんずい》じゃ」

平蔵は、無心の境地に立った。双眸《そうぼう》は茫洋《ぼうよう》として、はるか先を見ているかのようだった。

まるで闇のなかにいるかのごとく、相手の姿を見ずして気配のみに反応し、無心に剣をふるう。

これが［風花ノ剣］の極意である。

しかし、権兵衛は平蔵の姿にたじろぐことなく、じっと息をひそめていた。

権兵衛とて、いまや人であって人でない。獲物の喉に嚙みつこうと牙《きば》を研《と》ぐ狼なのである。

平蔵は、依然として右下段にだらりと剣先をさげたまま、身じろぎもしなかった。権兵衛も動かない。

品川の浜は、わずかに打ち寄せる波の音がするだけの静寂に包まれた。取り囲んだ捕り方たちも、咳《しわぶき》ひとつせず、息を呑んで見つめるだけだった。

ふいに権兵衛の足が砂を蹴った。まさに狼の速さで平蔵に迫る。

黒い影が低く沈み、抜き放たれた大刀の青い光が平蔵の臑に向かって走った。

平蔵の躰がふわりと浮かび、権兵衛必殺の臑打ちをかわす。

もとより、柳剛流の一ノ太刀が臑打ちであることはわかっていたが、平蔵の動きは、そうした人としての知識からくる防御ではなく、あくまで本能のおもむくままに反応したにすぎなかった。

臑打ちをかわされた権兵衛は、そのまま振りかぶり、袈裟懸《けさが》けを狙った。

鶴《つる》のように舞い降りた平蔵は、瞬時に躰を沈め、権兵衛の胴めがけてソボロ助広を一閃した。目の前を権兵衛の刃先がすり抜ける。

ずんと骨を断ち斬った重い手応えがあった。

権兵衛が崩れ落ちた。

我にかえった平蔵は、砂浜に突っ伏した権兵衛に目をやった。

——勝ったのか。

平蔵は、その場に佇《たたず》み、大きく息を吸うと、長いときをかけて吐き出した。

「おみごと」

伝八郎と味村武兵衛が駆け寄る。

「風花ノ剣、相変わらず無敵だな」

「いや、この男、おそろしい剣の遣い手だった」

伝八郎と味村武兵衛は、権兵衛の骸《むくろ》を見下ろした。

権兵衛は船から海に飛び込み、泳いで浜にたどりついた。満潮のおかげでそれほど体力は消耗しなかったが、躰は冷えきっていた。濡れた衣もわずかに動きを妨げたのだ。

「さもなくば、危うかった」

満ち潮が足下を洗うのもかまわず、平蔵はいまだ立ち尽くしていた。

五

三徳丸から助け出された女たちは、品川の番屋に運びこまれた。極度の緊張から解放され、だれもが失神状態だったので、背負ったり戸板に乗せて運ばれたのである。女たちのなかには、湊屋弥兵衛の娘千代と女中おみさの姿もあった。

ただし、おみさだけは、自分の足で歩いて番屋に入った。

放心状態のおみさをみた番屋の役人は、気が触れたかと思ったが、茶碗にはいった白湯《さゆ》をごくごくと飲みほすようすを見て、感心したようにつぶやいた。

「肝の太い娘だな」

そこへ平蔵と伝八郎、女衒船の捕り物を指揮した定廻《じょうまわ》り同心の斧田晋吾が入ってきた。

「おみさ、無事だったか」

声をかける平蔵を、おみさは怪訝《けげん》な顔で見上げた。

「神谷さま……？」

「そうか。驚くのも無理はない。おまえにとって、おれは単なる町医者だからな」

「医者といっても剣術の達人だ。なにしろ、あの漣権兵衛を成敗《せいばい》したのだからな。おまえや湊屋のお千代が助かったのも、この御仁《ごじん》のおかげなのだぞ」

伝八郎にそう説明されても、なぜ平蔵がここにいるのか、いまひとつ呑みこめない風情ではあったが、平蔵の診療所に通ったことのあるおみさは、娘たちが寝かされている座敷のほうを見た。

「あたしは平気です。それより、みんなを診《み》てあげてください」

そう言うと、突然おみさは崩れるように泣きだした。

ここまで張りつめながらも耐えてきたが、胸のうちにためこんでいたものが堰《せき》を切ってあふれだしたのだろう。

「不憫《ふびん》よのう」

伝八郎が肩をさすろうとしたが、おみさの号泣はそれさえも拒《こば》む深い嘆きに満ちたものだった。

「江戸に出てきたのがまちがいだったんだ……もう、昔には戻れない」

嗚咽《おえつ》を繰り返しながら、絞り出すような声だった。

平蔵は、おみさの前に片膝をついた。盗賊に攫《さら》われたおみさが、どのような地獄を見てきたのかを思うと哀れでならなかった。

「そうではない。戻れるぞ。いや、戻らねばならん」

落ち着いた力強い声で何度も励ます平蔵の顔を、おみさは見上げた。瞳にかすかな光が戻ってきている。

「戻らなければ……」

「そうだ、以前の明るいおみさに戻らねばならぬのだ」

嗚咽はやんでいた。

番屋の引き戸が音を立てて開いた。

「千代っ、千代っ」

怒りにも似た声をあげながら入ってきたのは、湊屋弥兵衛だった。町方から娘の千代が助け出されたと聞いて、矢も楯《たて》もたまらず駆けつけたのである。そのうしろには若旦那を伴っていた。

「ち、千代はどこでございますか」

おみさには目もくれず、弥兵衛は平蔵が指さした方へ、ばたばたと駆け寄っていった。

千代のそばには斧田同心が付き添っており、平伏した弥兵衛は何度も頭をさげた。

「おぬしから預かった金子《きんす》、無駄にはならなかったようだな。礼なら、あそこにいる神谷どのにするがよい」

「ありがとうございます、ありがとうございます」

弥兵衛は平蔵のほうを向き、畳に額をこすりつけて肩を震わせている。

すると、なにかに気がついたように、弥兵衛はいきなり立ち上がった。

「ところで……あの……千代の操《みさお》は……」

斧田同心は、弥兵衛の肩をたたいた。

「安心しろ。お千代さんは生娘として女衒に売られるところだったのだ」

弥兵衛は全身の力が抜けたようにへたりこんだ。

おみさの前には若旦那が立っていた。声をかけるわけでもなく、横を向いて、寝ている千代と弥兵衛を見ている。ときおり、ちらりとおみさに視線を送ったが、口ごもるだけだった。

おみさは、若旦那がなにを考えているのか、手にとるようにわかった。

盗賊に攫われた生娘ではない女がなにをされたかは、聞かなくともわかっている。そういう目つきだった。何度も肌をあわせた女が、盗賊に組み敷かれて、どういう声をあげたのか。おまえはおれとくらべただろう。どうなんだ、よかったのか。

若旦那は、視線をそらし、早足で千代の寝床へと歩いていった。

おみさは、若旦那の態度を責める気にもならなかった。湊屋にはもう戻らない。そう決めた。戻るべきところはほかにある。

故郷も捨てた。躰も命もすでに捨てたようなものだ。奉公先を捨てるのになんの未練があるというのか。

さきほどまでの深い嘆きは、きれいさっぱりと消え去っていた。

おみさは、番屋の外に出た。

すでに夜が明け、澄みきった空に浮かぶ雲が高い。秋も深まってきたようだ。

おみさは、深く息を吸った。江戸の空気が全身にしみいるような気がした。

六

――それからしばらく日にちがたった夕刻。

貧乏徳利をぶらさげて斧田晋吾が平蔵の家を訪ねてきた。

「おう、八丁堀。だいぶ忙しかったようだな」

「ああ、もうくたくただ。拐かしの女衒どもを根こそぎお縄にしたのだからな。火盗改ともやりあわねばならぬし、気疲れするばかりだ」

貧乏徳利を置くと、どかりと腰をおろした。

平蔵は、先日とおなじように井手甚内と碁盤をはさんで座っていた。そばでは伝八郎が煎餅《せんべい》を肴《さかな》に酒を飲んでいる。

「由紀どのはいないのかい」

「ああ、そうたびたび番台を替わってもらうわけにもいかんのだろう」

由紀の手料理を楽しみにしていた斧田同心は、落胆して手酌《てじゃく》で飲みはじめた。

「いや、由紀どのはかならずくると思いますぞ」

井手甚内が、妙に自信たっぷりにいった。

「なにしろ、惚《ほ》れた同士でござるからな」

平蔵は、困った顔で黒石を碁盤にそっと置いた。

「ほれ、動揺が手筋にあらわれておる。囲碁は手談《しゅだん》ともいうそうな。相手の心を推《お》し量《はか》り、みずからもまた語りかける。よういうたものじゃ」

甚内が、にやりと笑って白石を隅に置いた。もちこたえていた隅の黒三石が死んだようだ。

「むっ」

平蔵は、後悔しつつ、盤面を睨《にら》みつけている。

そこに、上機嫌の味村武兵衛が配下を伴って現れた。

「やあやあ、先般はまことに世話になりもうした」

いかつい顔の徒目付は、満面の笑みを浮かべている。

「先日、上様より直々《じきじき》にお褒《ほ》めをいただきもうした」

「それは吉上《きちじょう》」

平蔵は碁盤を睨んだままである。

「そこでだな、神谷どの」

味村が、いそいそと縁側に近寄った。

「おぬしのことも、上様に申し上げた。なにしろ今般の第一の功労者だからのう。すると、上様はなんと仰《おお》せられたと思う」

「さあて」

「伊皿子坂の一件以来、あの者には大いに助けられた。褒美《ほうび》をとらせたいと仰せじゃ」

「ふうん」

「ついては、ぜひ登城して上様に拝謁《はいえつ》していただきたい」

平蔵は、碁盤から目を離さぬまま、黒石を天元《てんげん》に打った。

「うっ」

甚内がうめいた。形勢が逆転しはじめている。

「味村どの、申し訳ないが登城はできませぬ」

「なんと」

「ちかごろ持病が悪化し……」

平蔵は何度も空咳《からせき》をした。

「ご冗談を……上様は、ぜひ余に仕えてほしいと仰せなのですぞ」

伊皿子坂で吉宗を救ったときにも、仕官せぬかと誘われた。

——それがしは町医者でございますゆえ。

そう言って断ると吉宗は「侍医に迎えてもよい」と食い下がった。しかし、平蔵にその気はなかった。宮仕えは性分にあわないのである。あのとき、吉宗は、平蔵とともに死闘を繰り広げた笹倉新八や伝八郎にも仕官を持ちかけている。笹倉新八は柳島村にある篠山検校の屋敷で用心棒をしていたが、あっさりと断り、伝八郎もそれにならったのだった。

平蔵は、盤面の優勢を見て、顔をあげた。

「登城したうえで断るのは、かえって吉宗公に失礼でござろうよ」

「………」

味村は、がっくりとうなだれ、踵《きびす》を返した。

「天下の将軍さまからのご依頼を断るとはのう……おぬしらしい、といえばおぬしらしいが……」

甚内がそう言いながら苦渋《くじゅう》の一手を盤面に置く。

帰ろうとしていた味村が立ち止まって振り返った。

「おっと、そうだ。忘れておったわ。おみさが両国橋西詰めのはずれに小料理屋を出したそうじゃ」

「ほう、あの湊屋の女中が……それはたいしたものだな」

寝ころんでいた伝八郎が感心した口ぶりで起きあがった。

「あの娘も修羅場《しゅらば》を経験して、逞《たくま》しくなったな」

平蔵も満足そうである。

「では、御免」

味村武兵衛が引き上げたのを見計らうかのように、斧田同心が声をひそめた。

「よくわからんのだが」

「なんだ」

平蔵が、音を立てて石を打つ。

「なにゆえ、天下の将軍が盗賊風情の捕縛《ほばく》を直々に命じたのであろうか。町方や火盗改をさしおいて、徒目付を動かしたというのが解《げ》せぬのだ」

たしかに、平蔵もそれが疑問だった。しかし、心当たりはあった。

「吉宗公は、お忍びで市中を見廻ることがあるそうだな」

「ああ、おおっぴらにはできないが、おれも陰守役《かげもりやく》についたことがある」

「だとすれば、湊屋の女中を見知っていたとも考えられる」

「なんと」

「吉宗公のご趣味かどうかは知らぬが、大奥の側室や女中は、見目麗《みめうるわ》しいとは正反対の醜《しこめ》女ばかりだそうな。しかし、吉宗公とて男だ。たまたま見かけたおみさに懸想《けそう》したのかもしれぬ。だからこそ、直々に漣一味の殲滅《せんめつ》とおみさの救出を命じた……」

「そんなことがありうるものか」

「あくまで、おれの思いつきさ」

平蔵は、また盤面に集中しはじめた。

「しかし、だとすれば、おみさが大奥にのぼるのもありえない話ではないのう」

ふたたび寝ころんで、伝八郎が煎餅をかじる。

「いや、それはない。あの娘は、二度と奉公には出ぬよ。一度すべてを捨てて、取り戻すべきものを見つけたのだ。それがあの小料理屋というわけだ」

「ふうむ」

斧田同心は何かに気がついたようだ。

「おぬし、あの金子はどうした」

「金子、とな」

「湊屋からもらった依頼金の十両だよ」

「ああ、あれは吉原でつかった」

「うそをつけ。おぬしいま、あの小料理屋と言ったな。おみさが店を出したのを知っていたのだろう。さては、あの十両……」

「おみさは湊屋で奉公している間、小金を貯めていた。それをはたいて店を出し

わしい。そう思ったのだ。

湊屋からもらった金だ。奉公をやめるのであれば、おみさが受け取るのがふさわしい。そう思ったのだ。


斧田の想像どおり、平蔵はおみさに十両を渡していた。

斧田は愉快そうに酒をあおった。

「ふふ……まあ、そういうことにしておくか」

たのだ」


——おみさは、二度と奉公には出ない。おれと同じだな。

床下で蟋蟀《こおろぎ》が鳴きはじめた。

秋が過ぎゆこうとしている。

時の鐘が暮六つ（午後六時）を告げた。

そこへ、由紀が小柳進三郎を連れてやってきた。

「あら、みなさんおそろいで」

「由紀どの、やはりお見えですな」

甚内がほくそ笑みながら、碁笥《ごけ》の石をかきまぜる。

小柳進三郎は、手に大きな鱸《すずき》をさげていた。

「いいものが手に入ったんで、召し上がっていただこうと思いまして」

「ほう、これは太いな」

「鱸といえば、やはり洗いだな」

「塩焼きや煮つけも悪くないぞ」

まわりが賑《にぎ》やかになるなか、ぴしりと打った甚内の一手に平蔵が凍りついた。

「さて、いかがかな」

「ううむ」

平蔵の苦悶《くもん》をみて、甚内はしてやったりの顔でのぞきこんできた。

「まだまだっ」

平蔵は懸命に局面を読みつづけている。

「まだまだっ」

碁盤の上に晩秋の落陽が柔らかな光を落としていた。


（ぶらり平蔵　女衒狩り　完）

コスミック・時代文庫

ぶらり平蔵《へいぞう》
決定版⑳女衒狩り

2024年4月25日　初版発行

【著 者】
吉岡道夫《よしおかみちお》

【発行者】
佐藤広野

【発 行】
株式会社コスミック出版
〒154-0002 東京都世田谷区下馬 6-15-4
代表　TEL.03(5432)7081
営業　TEL.03(5432)7084
　　　FAX.03(5432)7088
編集　TEL.03(5432)7086
　　　FAX.03(5432)7090

【ホームページ】
https://www.cosmicpub.com/

【振替口座】
00110-8-611382

【印刷／製本】
中央精版印刷株式会社

ISBN978-4-7747-6548-8 C0193